主编 凌翔

当代

青枝绿叶花朵朵

罗凤霜 著

北京燕山出版社

图书在版编目（CIP）数据

青枝绿叶花朵朵 / 罗凤霜著 . — 北京 : 北京燕山
出版社 , 2023.3
ISBN 978-7-5402-6422-2

Ⅰ.①青… Ⅱ.①罗… Ⅲ.①散文集－中国－当代
Ⅳ.① I267

中国版本图书馆 CIP 数据核字（2022）第 013690 号

青枝绿叶花朵朵

QINGZHI LÜYE HUADUODUO

著　　者：罗凤霜
责任编辑：杨春光
装帧设计：邓小林
出版发行：北京燕山出版社有限公司
社　　址：北京市西城区琉璃厂西街 20 号
邮　　编：100052
电话传真：86-10-65240430（总编室）
印　　刷：北京军迪印刷有限责任公司
开　　本：710mm×1000mm　　1/16
字　　数：175 千字
印　　张：13.5
版　　次：2023 年 3 月第 1 版
印　　次：2023 年 3 月第 1 次印刷
ISBN 978-7-5402-6422-2
定　　价：55.00 元

目　录

第三辑　静听花语

第四辑　谷草芳馨

第一辑　一树繁花

一树繁花生暖香！我愿是那尽情绽放的一朵，默默地散发着自己的芬芳。你一朵，我一朵，他一朵，千朵万朵在季节的枝头盛开。如此，便花开满树，鲜花满园，馨香遍野；如此，我们的家园四季温馨，生活蒸蒸日上，节节高。

迎春傲雪次第开

当山川、河流、田野、森林依然乍暖还寒，万籁俱寂的时候，凤县凤凰湖畔的迎春花便冒着凛冽的寒风，迎着冰雪料峭的严寒，悄悄地孕育在青翠劲拔的枝条上，等待着一场盛大的花事即将开始。

每个人都有自己的兴奋点，我就是个喜爱花儿的人。当2019年的新年钟声刚刚敲响，大年初一，我在火车站的河滩，路过一片迎春花的枯条丛，无意间瞟了一眼，突然，一抹小小的黄一闪而过，我赶紧折回到枯枝丛前。果然，枯瘦的花枝中盛开着十几朵小小的迎春花！那些小可爱正迫不及待，顶起一星半点的鹅黄色的小帽，在寒风中摇曳。

正月初六，天正下着大雪，我和家人一起来到月亮湾玩，看见路边迎春花不畏严寒，傲霜斗雪，朵朵嫩黄的花儿在洁白的雪花中绽放出了一张张美丽的笑脸，它们在寒风中欢快地吹起了金色的小喇叭，弹奏着一曲动听的《春之韵》交响曲，告诉人们春天来了。那些可爱的小精灵们是那么的团结，密密麻麻，一团团，一簇簇，傲雪怒放，不正像在冰天雪地为我们凤县人民出行方便，而日夜清扫街道的环卫工人？还有那无怨无悔，牺牲休息时间，为秦岭路段铲除堵塞的积雪，疏通道路的交警和参战的全体干部吗？他们一个个是心中有爱、关心他人、为人民默默奉献的人，他们不正像春天的迎春花？

社会需要正能量，新时代文明实践"志愿者"一心为民，当仁不让。建设我们美丽的凤县家园，不正需要用这样明亮的色彩来拉开帷幕？

春天，本是踏青赏花的最好季节。经过漫长萧瑟的寒冬，在温柔的春风里，在明媚的阳光下，路遇一丛迎春花，轻嗅一缕幽香，是多么美好的事！在路上，我还看见了一群红领巾志愿者主动捡拾垃圾；看见了有人主动搀扶老人过马路；看见了小区楼道卫生有人默默打扫……心想，这就是生活中不期而遇的小幸运和大爱美好的剪影吗？

迎春花，开出形似喇叭的小黄花，别名迎春、黄素馨、金腰带。其枝条细长直立或拱形下垂，呈纷披状。花单生在去年生的枝条上，先于叶开放，有清香，黄花外染红晕，花期2—4月。因其在百花之中开花最早，花后即迎来百花齐放的春天而得名。迎春花不仅花色端庄秀丽，而且具有不畏严寒、不择水土、适应性强的特点，历来为人们所喜爱，是重要的早春花木。迎春花凌寒开放，带来了春天的信息，迎来大好春光。因此，迎春花被视为"春天的信使"，被称作"东风第一枝"。此时，我感觉到迎春花多么像家乡一个个朴实的劳动人民，他们不等过完年，就又在地里春耕，整理土地，等待播种。

迎春花植株散开，枝条鲜绿，不论强光及阴处都能生长。其开花极早，南方可与腊梅、山茶、水仙同植一处，构成新春佳境；在北方它与银芽柳、梨花、山桃同植，早报春光。它植于碧水萦绕的柳树池畔，增添波光倒影，为山水生色，或植于路旁、山坡及窗户下墙边，或作花篱密植，或作开花地被、植于岩石园内，观赏效果极好。它不择地势优劣，处处默默无闻尽展风采，特别是它不挑不拣，能随遇而安的品质，着实令人敬佩至极！就在转身回眸之间，我仿佛看到了迎春花像极了凤县广大勤劳的人民，他们无论是干部、教师，还是村民、城市居民、商人，都在各自的岗位上默默劳作，不怕环境条件艰苦，还是不断努力奋进。

冷遇上暖，有了雨；春遇上冬，有了岁月；天遇上地，有了永恒；我遇上你——凤县山乡沟边那金灿灿的迎春花，我便有了最美好的惊喜……

遇见另一个春天

这年冬天，职工统一体检，很不幸，我被查出肠癌。谁料，准备住院做手术的钱，当晚被入室小偷盗走，真是祸不单行。面对这突如其来的双重灾难，我几乎崩溃，不想活了。后来，在亲朋的资助筹措下，我终于顺利做了手术。这个冬天，我躺在家里，心情沉重极了！一想到因患重病，导致家中负债累累，内心自责万分。自从遇见另一个春天，我想开了。

踏进二月的门槛，在朋友的劝慰下，我勇敢地走出家门，去屋后的聚义广场散心。刚进大门，老远嗅到了一缕花香，很浓郁，一阵阵扑鼻而来。呃，是迎春花，黄灿灿一抹、一片，在寒风中、在阳光下闪闪发光，熠熠生辉，像极了金子，照得我的心也温暖起来。我知道，人生即使有再大的苦难都会过去。这不，迎春花经过严冬的风雪欺压，仍然迎风绽放，转眼开出许多小小的，像星星一样的黄花花，向人们昭示着：冬天过去了，春天来了！

一个晴朗的早晨，太阳老早就已经十分欢愉地跳跃而出了，透过窗的缝隙，它把斜斜的光多情地照在了我的屋里，缓缓地，柔柔的，像是光神编织的金线。那些时候，它抚慰我的面颊，纠缠着我，将假日里因生病而养成的懒散习惯驱散得无影无踪，整个屋子和人也全都被温暖明亮的阳光感染，满屋阳光，我也顿感精神饱满起来。

再也不好意思慵懒地赖在床榻，速速起床，整理好屋子，梳理好头，就在沐浴着阳光的阳台上打理着花花草草，却看到了两只可爱的画眉鸟。它们飞来栖落在我阳台外的那棵李子树上，欢蹦乱跳，婉转地歌唱，然后就飞落在我卧室南边的阳台上。它们好像是在和我聊天，给我打招呼，问："你好！"这时候，我停下了手头正在忙碌的活计，一动不动地瞅它们。那些正在被我打理的花花草草也像我一样，眼睛都不眨一下地看着窗外的画眉鸟。

两只画眉鸟身长约20厘米，全身大部分是棕褐色，头顶至背部皆为黑褐色的纵纹。它们的毛发极为蓬松，眼睛莹亮，神情悠闲。一只眼圈洁白并向后延伸成狭窄的眉纹，还有一只颈脖上有一圈儿黑白波点的毛发，看上去像极了一条黑白相间的丝巾，就那样随意地围在它的颈脖上，实在是太可爱了！可惜它的腿也受伤了，可它仍没放弃生活，极力觅食。

这时候，窗外起大风了。我感到有些寒意，想起冬天，北风呼啸，大雪纷飞，那些鸟儿们，特别是受伤的鸟儿，它们又该飞往何处？它们怎么觅食？我想，也许我撒在白雪中的谷粒，就能解决几只鸟儿的温饱吧。每每这时，我便会在那些花草丛中撒下一点谷粒，再走开，盼鸟雀趁我不留意间，飞来栖息觅食。

初五那夜，一场飞扬的春雪染白了整个凤凰城，而我仍旧会向窗外白雪上撒下一些谷粒，希望画眉和那只受伤的鸟雀能来觅食。可喜的是，真的，两只画眉，两只灰雀飞来在我南边的阳台上栖息，觅食，欢蹦乱跳，给我做伴。它们是去年的那两只画眉吗？兴许是，兴许不是。因此，我在迎春花和鸟雀的启迪下振作起来，好好工作，努力生活。

每年春天来了，阳台外边空地上的那几盆花中的杂草便会肆意生长。好长一段时间，我都不舍得清除它们。因为草儿也有生命，我敬畏生命，它们虽说是野草，但也一样点缀春天，并且，它们始终以最原始生态的姿势绽放青春，从不矫揉造作，展现出小草它本该有的自然纯真，它拨动了我思想的琴弦，让我不由自主地喜欢这种返璞归真的纯粹的美丽。它们在早春发芽，在仲春显出勃勃的生机，待到仲夏，它们就会疯长的，而清秋时节，它们又渐次微黄，枯萎……也正是有了这些杂草，每年从春到秋，我的阳台和窗台外的花园里都会有鸟雀呼朋引伴，飞来飞去，婉转歌唱，它们用美妙的歌声唤醒我每个黎明，带给我快乐，激励我勇敢战胜病魔，让我看到红花绿草，鸟儿蹦跳，春光无限好……面对困境，那样的一幅景致，总带给我最好的心情。

　　怀着美好的心情，我的工作顺利，事业有成，欠下的债早已还清，我不由得感谢那些迎春花和草儿，感谢那一只只画眉鸟和雀儿，我庆幸遇见它们，是它们让我遇见另一个春天！

梨花香满梨尧沟

阳春三月，在梨花盛开的时候，偏远的梨尧沟可就热闹啦。

在我家乡，大山之中的梨尧沟，每家每户，门前屋后都种有梨树。春天，整个村落就是梨花的海洋。是因为地名而选种梨树，还是因为梨树多而冠此地名？不得而知。总之，此地适宜梨树生长。

"忽如一夜春风来，千树万树梨花开。"三月十二，我来到梨尧沟村口，已经看到一片洁白，闻到一阵清香，梨尧沟的梨花已经盛开，密密扎扎。瞧，梨花从泛绿的枝条间探出头来，好奇地打量着春的世界，有的梨花才展开两三片花瓣，有的花瓣全部绽放，露出中间黄黄的小卷发，还有的是小小的花蕾，像一颗颗洁白的珍珠。

仔细观察梨花，有五个花瓣，十几个顶着红色或紫色的雄蕊，围护二至五个含情脉脉黄色柱头的雌蕊。我不禁感叹：一朵梨花就是一个生命。

梨尧沟的耕地边上也长着梨树，当梨花开了，在一片嫩绿的麦苗映衬下，梨尧沟真是美丽如画，偶尔也会有一树娇艳欲滴的粉色桃花裹镶其中，与梨花的一抹洁白素雅交相辉映，真是人间仙境。

目之所及，一树树，一片片，一山坳，一丘顶，银波琼浪，雪堆云涌。清晨，这浓浓的诗韵，在美轮美奂的蛰动中幻化成无处不在的山水写意。俯视细看，几许欣喜，洁白的花瓣中伸出浅黄色的花蕊，和着暖暖的春风，花香阵阵浓郁。蜜蜂飞来飞去，嗡嗡地忙碌着，它们是来采得甜蜜归。

雪白的梨花，那么纯洁，又那么娇丽；那嫩黄色的花蕊，在春风中微微地婆娑着。这么多梨花树，一树有一树的英姿。有的仰着头，似乎张开双臂拥抱美丽的春天；有的低着头，像是若有所思的怀春少女；还有的半开半合，半翘着的花瓣，仿佛在含羞地暗示自己的美丽。一场春雨，让嫩嫩的叶芽也冒出来了，一束束花朵在这叶芽儿间绽开，嫩绿的叶儿映衬雪白的花儿，是那样的醒目，又那样地协调，不觉啧啧赞叹着，谁敢说这不是一幅十分奇妙的风景画？

梨尧沟的梨花独自开放、兀自美丽，在蓝天白云下，梨尧沟的人们勤耕勤作，收获幸福生活，这是典型的田园生活。梨尧沟人民朴实善良，梨尧沟土地肥沃，山水甘甜，喝一口梨尧沟的山涧泉水，滋润心脾。这里的天地，还有一种阔寂的安静，孩子们在树下玩着游戏，或采着蘑菇，或帮着爸爸妈妈干活，他们也会对远道而来的客人送上淳朴的笑容，更会要求你带上他们采摘的新鲜野菜归去。

洁白的梨花，勤劳的人们，活泼的孩子，生机盎然的田园风光，真乃人间仙境！

沿青石板小道，拾级而上，继续观赏梨花，看看这一树，很美；看看那一树，更美。棵棵繁花似雪，在阳光下，无拘束地欢笑着，自由自在地炫耀着自己的美丽。摄影师们更是慧眼独识，捕捉奇美的瞬间。

一路走，一路看，一路想，感觉梨尧沟就是"世外梨源"。这里的梨花与平原上的梨花大有不同，这里的梨树，树身高大，百年的梨树并不罕见，梨花甚至脱离了诗人形容梨花带雨的娇羞模样，而显得高大、阳光、强悍。村西还有一株千年梨树，我想：是盘根错节的枝丫桠楛朿缚出梨树的圈圈年轮的。树真的很大，树干一个人都抱不合拢，树冠也大，开着洁白的梨花。仔细观察，老干新枝，嫩绿的新叶衬托着梨花的优雅、靓丽，淡淡的花香，犹如诉说古老沧桑、春意盎然的梨花情怀。因为高大，显得树稀，花疏，似画家刚绘好的一幅淡墨轻染的山水画，雅致且秀中带雄，是画家常来写生的"模特树"。

梨花安静地开着，它冷艳、素雅洁白，有一种傲气的风姿，给人孤高清绝之感。

远处，一位村民背负着一大背篓的生资，沿着山坡，往上送去，村民面无惧色，步履稳健，让人感到勇敢，勤劳！

桃花灼灼为谁开

春风吹，吹醒大地，花儿俏了，芬芳多姿；鸟儿鸣了，呼朋引伴；山川俊朗，绿意盎然；河水清秀，流水潺潺；气候暖了，生机勃勃。

周末，与朋友相约，来到宝鸡植物园，这里桃花全开了。你看，那满树都是，一片的粉红，盈盈的，是争先恐后地开，那一朵朵密密扎扎、重重叠叠的花朵，你挤我碰，相互拥着、捧着，它们是那么亲昵、团结、可爱，含羞娇媚，无不尽显出它的妩媚与华贵。

曲曲折折四通八达的小路铺满整个园子，绕过绿水盈盈，桃花灼灼，穿过我的长发你的眼，低眉，微笑；抬望眼，桃林山，满是花海，云锦般灿烂若霞，引无数人们欣赏流连，合影留念，也引来无数彩蝶追逐嬉戏，蜜蜂成群飞舞，徘徊。看着这每一朵桃花，感觉这些小生命就是一部生动的教科书；翻开每一页，都有其鲜活的内容。桃花开，我礼赞那艳若红霞，妙若星辰，迎风而立，冒雨而开的桃花。同时，我也想问：那深红、粉红、浅红、嫩红……的一朵朵桃花，究竟为谁而开？

置身于桃林中，看着粉嘟嘟的桃花，闻着桃花淡淡的幽香，我仿佛听到了桃花的窃窃私语：

我来自山野荒郊，没受一点污染、雾霾和噪音都与我毫无牵连。春风使我娇艳，大山使我爽朗。我是高亢的音符，我一亮嗓，便唱得春水哗哗响，唱得山岗绿莹莹，唱得柳丝轻盈漫舞……我娇艳但不娇柔，从不做作。在春天里，我是先锋，最先战胜春寒；在百花园中，我是最简单的一支，不需绿叶衬托；我的内心就像一座古钟，经得起沉默。春来，我簌簌而开，灿若云霓，不为点赞，不为争春，只为天地间多一份喜色。生命赋予我：不能光开花不结果。于是，我将生命萎谢看成是一次最庄严承诺：要以果实论英雄……如果可以，我将尽其所能，绽放一树树的精彩；如果可能，我将所有芳菲全部倾注于你的心脾；如果需要，我将义无反顾，给予你所需的全部馨香……

桃花本无意苦争春，人们却情不自禁地前来观赏，"桃李不言，下自成蹊。"此刻，我感受桃花的争奇斗艳，不仅是让人赏心悦目，心旷神怡。手捧桃花，那细腻令人爱不释手；心念桃花，说不出的缱绻缠绵是那累累甜蜜的硕果。

站立桃林，站在心的深处，一次次诘问。

我明白了，桃花她是为潇洒的春风，是为风情的细雨，是为和煦的阳光，是为采花的蜜蜂，是为翻跹的蝴蝶，是为赏花的伊人，是为梦里的思念，是为溪畔的歌声，是为低飞的信鸽而绽放笑颜，风姿绰约……

桃花养人，人面桃花相映红，再丑的人在桃花的映衬下，也会变得俊俏；桃花怡人，再苦恼的人在桃花的感染下，也会变得开怀，笑口常开。人们如此迷恋桃花，千百年来，人们手摇《桃花扇》，吟唱《桃叶歌》，看《桃花朵朵开》，愿《三生三世十里桃花》……

桃花，往往与美女、爱情联系在一起。形容女子长得好，笑容可掬，就说"灿若桃花"；形容女子肤色好，就说白里透红，"面若桃花"；当你遇见爱情，就说"走桃花运"；爱情受到挫折，就说遭"桃花劫"。

此刻，我觉得那桃花灼灼，桃花芬芳，是绽放乡音的，心中弥漫着一种思念，这思念突然蓬勃升起。那牵手的伊人，此刻，是否还在水一方？那温婉多情的软语，此刻，是否还在细说？那拍摄的美丽，此刻，是否还在珍藏？那海枯石烂的誓言，此刻，是否还在萦绕……

我不觉感叹："好一个'人面不知何处去，桃花依旧笑春风。'"

其实，桃花并不一定是一种誓言、真爱，也不一定就花间牵手。我只相信：千呼万唤始出来的女子，一定端庄高洁，一定会情到深处，那么，那朵朵桃花，应该就是为这样的伊人开放？

桃花，也与故乡、思念相连。"在那桃花盛开的地方，有我可爱的故乡……"这首歌曲，顿时回荡在我的脑海里。桃花是思念故乡的源，从思念桃花开始，故乡，有如桃花般的美丽。所谓："桃花潭水深千尺，不及汪伦送我情。"潭水深，哪有朋友的感情深？

桃花啊，我爱你，你给予人们甚多！我向往有桃花园的地方，向往它空旷灵秀，向往那种怡然自得，更向往那种超凡脱俗。桃花盛开的地方就是故乡，那里，好耕田，我愿作一农夫。

（此文于 2017 年 4 月 8 日发表在《宝鸡日报》副刊）

春来，携一树杏花开

杏花，在我的记忆中，一直停留在童年。因为那是许多有关父亲的记忆。

父亲是个文质彬彬的书生，高高的鼻梁上常架一副石头眼镜，一撮黑黑的胡须，一本永远也读不完的书，永久地定格在我记忆的长河。母亲慈爱地说，因为我们几个孩子，父亲却变成一个喜欢种树的人。

以前家里生活拮据，没有钱买水果给我们孩子们吃，家里兄弟姐妹七八个，每当看见村里邻居家的果子成熟，姐妹们就会望眼欲穿，馋涎欲滴。一次，我高烧不退，几天没有食欲，忍不住酸甜果香诱惑的我，在哥哥姐妹面前叨念起杏儿有多甜多酸多好吃。没想到，哥哥姐姐们因疼爱我，竟然趁村里耍杂技的空儿去偷摘邻居家的杏儿给我吃，由于邻居家的狗狂吠，哥哥却吓得不幸摔伤了脚骨。父亲当时一边难过地落泪，一边不得不放下他所有的尊严去给邻居赔礼道歉。更让父亲为难的是给哥哥看病—接骨还向朋友借了不少钱。从那时起，父亲就变成了一个喜欢种果树的人。

记忆里，我家的庭院前后种满了果树。春天来了，梨树、桃树、杏树、苹果树、海棠树、秋子树、枣树次第开放，罗家庄变成了花海。由于父亲总是在树下看书，我们在树下花海写作业、读书，受浓浓的书香气息的浸染，大哥、二哥都考上了大学和高中，我在全镇初三统考中也名列前茅。因此，在那七十年代，在这个世世代代以种庄稼为生的村里人眼中，我家就显得那么与众不同，来村里驻队的几个干部也总是打趣地把我家庭院叫"书香花苑"，这"花"通"华"。

记忆里，每年春天，"书香花苑"繁花似锦。你看那每个枝丫都开满了密密麻麻，白的、红的、粉色的小花，那些花柔柔的，嫩嫩的，安静淡雅，清香怡人。那棵枝繁叶茂的杏树最让我难忘。父亲戴着眼镜，坐在杏树下，手捧一本古书的样子最让我思念。那时，他给我们讲《西游记》《隋唐演义》和《水浒传》中的故事，教给我们忠孝礼仪等道理。每当青果初绽枝头，我和一帮馋嘴的小伙伴们，都会在树下，眼巴巴地望着杏儿由青渐渐变黄，期盼着风能吹落几个果子……特别是杏儿熟了，父亲就笑眯眯地摘些杏儿让母亲送给邻居们，一起分享丰收的喜悦。更期盼的是，看着那一树黄澄澄的杏儿换回许多钱为我们姐妹交学费……那情那景，在我离开家乡的三十多年中，每每想起，都异常的清晰。我爱父亲，不仅仅是他为我们种下了许多的果树，让我们常有各种水果吃，更是因为他知识渊博，无所不懂，他就是一本我永远也读不完的好书。

今年春天，妹妹相约回故乡的"书香花苑"看花赏景。二嫂打来电话说老家的杏花开了，我的心立刻就动了。周末，我跟随妹妹和孩子们一路说笑，一路颠簸，回故乡踏青。翻过酒奠梁，下至酒奠沟，公路的两旁，粉红的桃花，紫色的海棠，洁白的玉兰，还有金黄的迎春花，各种各样的花都烈烈地燃烧着，那么灼热，团团似火，似乎要把整个春天点燃。但这些，都不是我要的，我的心，早已留给了那梦中的一树杏花。

一下车，走进村庄，远远地，一片素白进入了眼帘。我知道，这不是孤零零的一棵杏树，自父亲去世后，哥哥在父亲坟地旁种了一大片杏树，每当看见那一片白色，父亲的样子似乎很远，如梦如幻；又似乎很近，仿佛住在心里。我知道，梦中的"书香花苑"终于到了，哥哥种那杏树，一方面是增加家庭经济收入，更多的是对父亲的一种思念。越走越近，风吹来的香开始浓烈起来，恍惚中有一种醉了的感觉，只觉得吸进来是香，呼出去的还是香，醉了，真的感觉是醉了，醉在眼前的这一大片无边无沿的洁白里，醉在那一缕缕浓浓郁郁的杏花香气中。

我们顺着园中小径走去，仿佛陷在一片望不到边缘，没有尽头的花海里，我不由地吟诵起南宋王安石的诗："一陂春水绕花身，身影妖娆各占春。纵被春风吹作雪，绝胜南陌碾成尘。"这使我更加地喜爱杏花的洁白，有一种出山野而不俗的感慨了！一抬头，万花在轻舞；一低头，数千花影在漂移。

走着走着，我就有点迷糊，分不清是花在动，树在动，还是人在动；是花在笑，树在笑，还是人在笑；所有的这些美好，树的美好，花的美好，我都说不出任何的词语和诗句来赞美她，仿佛一切的美好都凝结在这里，凝结在心里。这些杏树，有的很年轻，两三年的光景，枝里叶里都透着一种新绿；有的久远，或是浸染了太多的光尘和风雨，那些苍老的树仿佛都有了灵气，加之父亲母亲就埋在这里，走到面前，我们突然就低语了，在那些枝枝丫丫的沧桑中静穆起来。

我们在敬畏父亲母亲大人，我们静静地走到坟前，为亡故的亲人挂清，洒一杯薄酒，点一张黄纸，泪眼婆娑，默不作声，可能是怕喧哗声会惊扰了九泉之下安息的父亲母亲大人的片刻宁静；或是怕我们的莽撞吓走那些日月华光凝练的仙灵。我们悄悄地走来，又悄悄地走过，没有一句过高的言语，唯有那白色的经幡在风中飘动，那一片灼灼燃烧洁白的杏花如白色的花海在起伏。

故乡，那一棵古老的杏树，那一片烈烈的杏花点燃的村庄是我永远的记忆，天天盼新年，年年盼春天。因为，春来，携一树杏花开！

（于 2018 年 3 月发表在四川雅安《蒙顶山》杂志 2—3 月合刊中）

春花烂漫三月天

读着纳兰容若的词："嫩烟分染鹅儿柳，一样风丝。似整如欹，才着春寒瘦不支。凉侵晓梦轻蝉腻，约略红肥。不惜葳蕤，碾取名香作地衣。"

时间如白驹过隙，刚赏过正月十五元宵夜的花灯，转眼，又过了二月的尾巴，眨眼间，不觉已是三月。

听！三月迈着轻轻巧巧，伶伶俐俐的脚步，跨入春天的门楣。当第一朵报春花盛开枝头，当第一场春雨无声润物，三月，你破涕为笑，就像那冰雪消融，我小心翼翼，斜身倚栏侧耳倾听，那丝丝细雨敲打在树叶、瓦砾上，一串串细碎凄清的声音，宛如从古筝琴键上流淌出的一个个跳动的音符，也告诉我，春天来了！

"善养百花唯晓露，能生万物是春风。"微风柔柔送来，山坡沟壑，大堆大片，金黄金黄，烂漫的迎春花也吹响了春天的号角。欢快的小鸟衔着春的柔美，踏着春的节奏飞舞其间。枝头，花，悠悠闪闪；藤，枝枝蔓蔓。明媚的春阳洒在身上，暖在心里。啊！迷人的春天，又孕育新辉煌的希望，一簇簇醉人的嫩绿变幻成一团团渐次萌动、耀眼的金黄……

三月啊，你令我怦然心动，浑身上下勃发着一种从未有过的新生的欲望，冲涌着一股催人奋发向上的磅礴力量。世界是新的，生命也是新的，这不，黄莺声声，为大地唱着勤劳的赞歌；蝴蝶蹁跹，为大地跳着青春的舞蹈。花儿开了，为大地披红戴绿；杨柳摇曳正梳妆，为大地增添一笔亮彩……

一直以来，都想窥视一下春分翩然降临的神采，却总不能如愿。当那碧油油的新绿闪入我的眼眸，才意识到融融的春天已经把我给萦绕了。

雨仍在下着。篱笆上的星星花儿零零散散地开着，柔软的朵儿袅袅亭亭地绽放，吐出一抹怡人的粉红，好像儒雅的宣纸上的水墨，缓缓地渲染开来，又悄然托出几丝青苔的花蕊，略显矜持地在如水的青风中恬静的微笑，宛如涂抹在宣纸上的几笔最写意的丹青妖娆。

初春的柳丝，如一位婉约的女子，摇曳着芊芊细柳，裹挟着灼灼桃艳，却又雨落花残，飘红满地。日月如梭，斗转星移。岁月，又是一场有来无去的旅行，春风、夏雨、秋霜、冬雪，你来我往，缘散缘聚，让人愁绪荡漾，不免顿生惆怅。这，春雨中的柳丝，又像一个伤怀的女子。

时光如水，催人奋进，即使没有山花浪漫，也要静心等候一朵花的盛开。一日之计在于晨，一年之计在于春，春天是蓄势待发的开端，万物复苏，生机盎然，绿树暖阳，百花争艳。三月，不可虚度；三月，愿你有良侣作伴，有幸事可暖心房，有风可缠绵悱恻，有花可伴你入眠，惦念着的人化作你的城池，始终不渝，举案齐眉，享三餐美食，度两人时光；三月，是一种坦诚相待与安详，也是一种新意与灵动。愿你在新的三月，不蹉跎，不虚度，住在春天，向往大海。

此时，又让我想起纳兰容若的《蝶恋花》："准拟春来消寂寞。愁雨愁风，翻把春担阁。不为伤春情绪恶，为怜镜里颜非昨。毕竟春光谁领略。九陌缁尘，抵死遮云鬟。若得寻春终遂约，不成长负东君诺？"

我像极了纳兰容若，在春天里感慨时间匆匆。心绪低落不为伤春，而是为那镜中逝去的岁月。我更愿珍惜时光，走出高楼，抛开繁事，摆脱牵绊，去安享春天的美丽，不辜负春之神对我们的眷顾。

再见，二月！你好，三月，春花烂漫三月天，一切新物都在开始孕育，感念时光的温柔款待。

风剪一地苹果花

因为腿病，周末，我搭车去城外三十多公里的新场村乡间，慕名寻访一位民间名医，想求得一剂治疗腿骨的良方。

从县城出发，到村后，又经过了十几里颠簸的乡村路，才到达目的地。下车叩门，医生却不在堂，打听邻人方知，医生远游，三五天后才能回家。真扫兴，我失望地一屁股坐在公路边的水泥墩上，向远方，向河坝望去。哇，护坡下的河滩大坝旁，那一大片雪白的苹果花海，正芬芳吐蕊，雪白一片，难怪一下车就闻到一缕淡淡的清香。

这时，清明节刚过，正是苹果花绽放的时候。

"走，去看看苹果花，总比无获而归好吧！"我提议。

姗姗来到苹果园，清香渐次愈浓，走近细看。苹果花白色的花朵呈喇叭形状，花托是紫红色的，花丝细长，花柱和柱头淡黄。花瓣里怒放的金色花蕊，迎寒玉立。枝杆是青枝绿叶，枝条纵横的美感，在含羞的花朵里，半卷着的是拥有万般风情的少女情怀，一点也不逊色于梨花和旁的花。因为苹果园多在远离城区的地方，花期短，前来踏青的人不是很多，不易得见。

穿行在苹果园中，那一树树粉白的苹果花，如黄土地上的精灵，和着春风，满面笑容，将河川田野打扮得仪表堂堂，妩媚动人，美不胜收。那小巧玲珑的花朵，姿势各异，有的还是花蕾，粉嘟嘟的红；有的半开，如害羞的新娘，遮遮掩掩，只露出半边脸；有的盛开，纯白，还镶有粉色的边线，在晨露中，轻轻展开沾着欲滴晶莹的五片花瓣，如出浴的仙女，娇媚而纯洁。它们是春风中俏丽的女儿，羞涩是它的情态，清新是它的风骨，悄悄地绽放枝头，不矫情，媚而不俗，一片片花瓣洁白，赛过雪花，轻盈若只只蝴蝶。轻触花瓣，那一股细致与娇嫩瞬间牵动我心里的温柔，仿佛自己成为苹果树的一部分。苹果花就这样悄无声息地开放在秦岭山下，家乡的四月里，清风吹拂，落英缤纷，一地细碎。

当我思绪飞扬，猛一抬头，又见两个果农师傅正拿着剪刀，在树上"咔嚓""咔嚓"，修剪着一枝枝美丽的苹果花呢！被剪的枝条掉落地上，看起来，像是给苹果树铺着一张碎花的地毯。我随手捡起一枝，花，还在上面昂扬着。

身穿黄衣服的果农见到我们，说："是在疏花，工作着呢。剪掉一些，花稀少一些，苹果才会有生长的空间，才会长得大，否则，花太密了，将来苹果就长不大。"

"落红不是无情物，化作春泥更护花。"看着地上还沾着滴滴晶莹的露珠，如出浴仙子似的一朵朵白里透粉，小巧玲珑的苹果花，将结束它美丽的生命，零落成泥，我不禁添了几分怜爱与惋惜。

其实，修剪的苹果枝，疏花，就如我们的写作，要"删繁就简"留其精华，去其糟粕。尽管写了一篇自以为是锦绣的文章，有些好词好句，实在舍不得删减，但必须减掉一样，删减是为了使文章更精炼、更完美。栽果树如同写作，园丁也是作家，需要相互学习，互融互通。

游园结束，感觉腿脚精神过来，本寻访名医，然医生送医下乡，把关怀送到更需要的人身边，医者仁心，可歌可赞。

等一树花开

时光如水，光阴似箭。还没等我欣赏到人间最美四月天的景色，就与浓浓粽子飘香的五月擦肩而过，这一不留神，一下就与初夏撞了个满怀。在这杏儿金黄，刺莓飘香，布谷鸟的声声"广播通知"中，我看到滚滚的麦浪已把大地染成了一片金黄。

此时已是盛夏，我曾无数次地从邻家门前经过。一日，突然瞥见院内石榴树闪烁着红幽幽、炽热的火光，朵朵鲜红的石榴花挂在树上，把石榴树打扮得仿佛妙龄少女，含羞答答，脸，也被张得火红火红。眼前，石榴花将我拽回二十年前……

那还是我上小学五年级时候的事。记得，那个盛夏，听说班上一位同学的庭院中长着几棵枝繁叶茂的石榴树，盛夏季节，树树戴红，娇艳迷人，这位同学还热情邀请班上同学集体观赏，每个同学都可以手拿一枝石榴花，头戴几朵，高兴而归。从此，从她家门口经过时，我都会放慢脚步，观赏一番。花期过后，一次我竟然驻足，呆呆地继续注视，怅然若失。

是的，我对同学家绽放的石榴花，心生羡慕，我想等一树花开。

回家后，我恳求父亲也在家里院中种上一棵石榴树。父亲是喜欢栽果树，但这次却淡然一笑，说道："那你自己种吧。"我不假思索地同意了。父亲又说："种上树以后，要浇水，松土，杀虫，除草，施肥，修剪等等，有许多事情要做，你可要想好。"

听着父亲的话，知道种树劳烦辛苦，需亲力亲为，但为了心中的期盼，能看到一树花开的胜景，我还是种下了一棵自己的石榴树。

盛夏又至，又是石榴花盛开的季节，我天天期盼自己种的树上开出花朵，可迟迟不见。同学家的殷红一树，再一次炽热地燃烧了起来，明艳照人，宛如嫣然含笑的美少女，令人梦牵魂绕，撩人心魄。回到家里，看看自己沥尽心血栽种的石榴树却没有那样艳丽和妩媚，树枝褐黄，在嫩绿繁叶的陪衬下，闪出点点光彩和生机。我郁闷地询问父亲："我们的石榴树，它怎么就不好好开花呢？"

"它还没有长大。"父亲回答说。

我心中又闪出一丝希冀："那明年它一定会开花。""不一定，但你可再等一年。"我愣了一阵，心中又黯然下来，愤愤地说："不种了。就我这水平，让石榴花开，简直等于盼铁树开花吗，真是痴心梦想，比登天还难啊。"就这样，我放弃对这棵石榴树的继续培育。

时间悄悄地挪移，划过笔尖，我上了高中，求学外地，回家的次数更少。学习的紧张使我把自己种的那棵石榴树早已抛至脑后。偶尔回家，瞥上一眼，它还立在风中。这一年夏季，高考结束，踏进家门，一树嫣红闯入眼睛，欣喜顿时涌上心头，我的石榴树居然开花了！

"一朵佳人玉钗上，只疑烧却翠云鬟。"我一想到杜牧《山石榴》诗，疲惫的心和一路舟车的劳顿一扫而光。此刻的石榴花开得正盛，一丛丛，一团团，含着雨露，闪着红光，像快活的小女孩，一会吹着小喇叭，一会摇动着小铃铛。瞧，那朵朵花儿，仿佛玩杂技的小姑娘爬满枝头，喷吐着火舌，撒开纱裙，开心地又歌又舞，尽情地跳着，嬉戏着。一阵风吹过，整个石榴花树轻飞曼舞起来，散发出缕缕沁人心脾的馨香，让人神清气爽，心旷神怡。蜜蜂也在花上采蜜，蝴蝶也在花间翩翩起舞。石榴花那宝石般的美丽又一次深深地烙在我的心中，我欣喜地又有发现，石榴花像极了那红色的小灯笼。石榴花落下来的时候，我就从地上捡起，戴在头上，插在瓶中，装进书包带给同学。石榴花有花蕊、花瓣，还有花座，花座和花瓣都是红色的，花蕊是黄色的，很好看。远远望去，美不胜收，深深地呼吸它的芳香，有一种醉人的感觉。轻轻地从它身边走过，不打扰它的宁静，不亵玩它的美丽。

我疑惑地问父亲："怎么它现在开花了，而且开得比同学家的还要娇艳迷人呢？"

父亲回答："石榴树的成长、开花、结果是不容易的，它曾被杂草侵犯，有过缺水枯黄，被虫蛀过，被动物啃嗜过。你放弃它后，我一直给它施肥，除草，灭虫，呵护着它，它才顽强地成长起来。"

永不放弃，才能迎来一树花开！

上大学临走之前，我久久地伫立在石榴树下，仰望它的高大，凝视它的艳丽。灼灼燃烧的石榴花，让人不忍离去。心想，盛夏的夕阳下有这样的一树红花，是最明艳的一树，它是我种的。它曾给了我失望、也带给我欢笑和启迪。

又是一年樱花季

打开电视，我被屏幕上那娇艳芬芳的樱花感染了！瞧，樱花树的枝条都裹上了一层斑斓的色彩。只见花朵小巧玲珑，五六朵聚集在一起组成一个个花球，一簇一簇地拥挤在树的躯干、枝头上，无数的樱花，有的含苞待放，有的争奇斗艳。樱花色彩鲜艳，有粉红的、粉白的、朱红的、酱红的。

又是一年樱花季，最美不过三月春，西安高新区有很多春色明媚的道路，比如被称为"玉兰大道"的高新一路，还有被称为"樱花大道"的高新二路。此时，那里的樱花大道又会是怎样的惊艳呢？

那时，正逢周末，便去西安看儿子。一到西安，先和儿子去附近饭馆吃饭，然后漫步于高新二路，突然，不觉得就走进了这繁花似锦，樱花烂漫的世界。我不禁吟诵《樱花》诗："远望长安陌上花，红云一抹泛朝霞，川流车影匆匆过，十里樱花美如画。"

听儿子说，这里的樱花于1998年开始栽植，品种众多，淡粉色的染井吉野樱，层层叠叠的八重樱，热烈张扬的寒绯樱。双瓣的艳丽高雅，超脱了桃花的俗气，单瓣的素雅轻盈，犹如无须施妆的少女，面含羞涩的微笑，轻盈地随风摇曳。每到春天，高新二路两边的樱花娇艳无比，朵朵白色的花瓣透出一丝粉红，看一朵，有独特的美；看一树，有开放的美。微风拂过，随风摇曳的一树树樱花如琼逐浪，美不胜收，成为高新区的一大景观，被称为"西安最美樱花大道"。

道路两旁的樱花树冠交织纠缠成伞状，热烈地笼罩着静谧的高新二路。飘落的樱花，青葱的草地，蓝天白云下一切美得如同梦境。身边不断穿梭的过往行人，也纷纷放慢脚步，情不自禁地流连忘返在花树下，或沉思或低语或拍照，眼底心底都只有这既纯洁又高贵的铺天盖地的美，浪漫又温情……

"樱灿惊三月，如霞丽质柔。"樱花花期短暂，不过短短七日，称作"花七日"。每年 3 月到 4 月间，满树花开，花开成林，微风轻拂，落英缤纷，绽放一季迷人的粉色梦幻。踏青赏花游春人携手而来，在最美的年华遇见最美的风景……

樱花花味幽香，常引得蜂飞蝶舞；它的花色也很艳丽，盛开时节花繁叶疏，满树烂漫，如云似霞，极为壮观。这让我想起闺蜜说的话："看到浪漫的樱花，突然有想谈一场恋爱的冲动！"是啊，每一个喜欢樱花的人，也许，心中真的就有一个浪漫的樱花梦，亦或盼能经历一段难忘难舍的恋情吧。春风十里，所有的春意都被揉进了一朵花。待，樱花飘落的时候，花瓣扑簌簌飘落，樱花漫天，小众又文艺。这个春天，樱花来过，又走了，以倾城姿色，惊艳了世人，然后决然离去，义无反顾。花开只一瞬，记忆留存却永恒。

我想，人生短暂，活着就要像樱花一样灿烂，即便是死，也应该有果断离去的意义。我想到了年轻的女共产党员刘胡兰，她曾为祖国的解放事业，不投降，宁愿头可断，血可流，也大义凛然，视死如归。她，虽然只活 15 岁，却活得像樱花一样绚丽，把最美的年华献给了祖国和人民，献给了党的事业。刘胡兰短暂的生命，不正像樱花般美丽、热烈、纯洁、高尚吗？

素雅的山枣花

我的老家在山里。记忆中，母亲喜欢花儿，一到春天，父亲就在庭院前后的花坛都撒下了几样花籽。一场春雨过后，一棵棵嫩芽儿就破土而出。

阳春三月，灿烂的阳光轻轻地抚慰着大地，气温一天天攀高。棵棵苗儿如风催长，一天一个模样，嫩嫩的，油油的，胖胖的。大约半月的工夫，棋盘花和指甲花就长了十多厘米。

指甲花的叶子翠绿翠绿，生长得十分茂盛，渐渐从主干枝上分叉出七八个分枝来，到了四月中旬，棋盘花和指甲花就结出了一个个花蕾，进入五月，花儿朵朵绽放。父亲说："指甲花还有个好听的名字，叫凤仙花。"我惊奇，它怎么和姐姐的名字一样，于是我更喜欢它了。

院子里五彩缤纷的花儿，散发着阵阵清香，惹来蝶儿蜂儿在花丛中来回飞舞。母亲便采摘些指甲花，找来明矾，一起研磨细，调制好，用树叶包裹在我和妹妹的指甲上，第二天，我们的指甲变得粉红了，漂亮极了！

我和妹妹天天围着花儿，看也看不够，有时追着那些翩翩起舞，飞来飞去的蝴蝶满院子乱跑。

院子的石墙边，父亲还栽种着三棵山枣树，已经又高又粗。每年，桃红李白之后，山枣树才从一冬的沉睡中渐渐醒过来，但它一点儿也不忙于抽枝发芽，而是先睁开它的眸子，悄悄地打探春的信息。到了五月，它才开满了山枣花，绿莹莹的叶子，黄生生的花朵。山枣花的花朵不大，但它的香味却沁人心脾，香楚楚的枣花味儿，弥漫了整个院子和大半个村庄。蜜蜂和各色各样的蝴蝶也落在它绽放的花瓣上，享受着山枣花的香气。偶尔有人路过，也会坐在我家外面的石碾子上歇息，享受山枣花无尽的芳香。

山枣树的花朵淡雅朴素，花体比较瘦小，不大招我喜欢，我甚至嫌弃它，觉得它根本就不是什么花儿，我只喜欢指甲花和棋盘花。

母亲却对我说："山枣树的花儿虽然不鲜艳、不漂亮，但它每朵都能结出一个大红山枣来。而且朵朵结果，整棵山枣树没有一朵不结果子的"撒谎"花儿。指甲花和棋盘花的花儿虽然漂亮，可它们不待秋霜降，花朵就会凋零，枝干就会枯黄，那时它们什么都没有了。"

父亲说："山枣花对人无所求，无论贫瘠，还是肥沃，它一样生长，结出累累果实。它不求人的赞美和奉承，只默默地做好自己，默默做着自己想做的事。别看它现在不起眼，可到了秋天，硕果累累，满树的红枣，吃上一颗，让你甜到心窝子里去。"

父亲继续说："别小瞧满身长刺的山枣树，它浑身是宝。一颗山枣，在中医学，它能补中益气，养血安神，温脾胃，增强人的免疫力，能滋润全身的细胞。红枣还具有保肝、护肝、防癌等功效。干枯的山枣树枝可当燃料和肥料。"

后来查阅资料，知道山枣叶中含有丰富的蛋白质，钙、磷、铁等元素，它还含有多种矿物质和多种维生素，经过加工后还可以当茶喝，它可起到养神利尿消炎的功效。

真没想到，一棵不起眼的山枣树却有如此多多的益处。

当时我对父亲的话不太理解，长大才明白。他当年的教诲很宝贵，让我学会了一些做人的道理，使我终身受益。

山枣花，不与桃李争春艳，不与牡丹争娇宠，它们淡泊名利，绝不攀龙附凤，不附炎趋势，以自身的独特性格，开出一朵朵朴素的花朵，结出一树树累累的果实，对人无所求，却将自己的甜美奉献给了人们，用甜美的果酱来滋养人们，强健体魄。

山枣的无私奉献品质，实在是太可贵了！

五月花香惹人醉

走进五月，风儿吹在脸上柔柔的、暖暖的，感觉既舒服又惬意。此时，北方早已春光旖旎，花开遍野，芳香一地。

蔷薇花，绕满围墙，几朵红，几朵粉。新开的花，娇艳无比，像朝霞，点缀在一片绿叶丛中，十分醒目。春风轻抚，盛开极致的蔷薇花相互拥着挤着，一朵一朵煞是好看，花间，蜂飞蝶舞，像一场蜂蝶与花的痴恋，就连回旋的风，都变得绚丽斑斓。

雨后初晴，远望，一朵朵蔷薇花在雨水的滋润下，更加艳丽，让这面白色的墙壁变成了一面花墙。近看，茂盛的枝叶间开出了各种各样的花朵，五颜六色，红的像火，粉的像霞，白的像雪，浅粉的像小姑娘羞红的小脸蛋，美丽极了！雨过天晴，太阳冲出云层，蔷薇花在阳光沐浴下，蔓延生长，爬满房墙。微风过处，送来缕缕清香，仿佛远处飘荡着美妙的歌声似的……

五月，花儿更娇艳，各种花儿赶集似的参加五月迎夏盛会。瞧，那开在满山遍野，洁白如雪，铃铛般的槐花，重重叠叠，挨挨挤挤，把一串串五月的故事高挂在嫩绿的枝头，用淡雅的色调修饰五月素洁的衣襟。起风，槐林如潮似的一浪赶过一浪，香扶柔情，芳香飘荡四野，掩不住的馨香，时时沁人心脾。

春风细雨，叩醒帘内的幽梦。窗台前，朵朵茉莉的蓓蕾，生机勃勃，竞相绽放。翠绿的叶，洁白的朵，幽淡的香，清丽的骨，如此雅致婉约、矜持纯洁的植物，无须精心培养，搁置窗台上。每年冬日，随意修剪后，来年五月，便悄然绽放，芬芳怡人。茉莉花洁白如雪，小巧玲珑，十分俏丽，有的藏在绿莹莹、生机盎然的碧叶间，嫩黄的花蕊散发出淡淡清香，吸一口，顿觉沁人心脾，清爽极了！花开花谢，如闺中少女，羞中带怯，妩媚多姿，俏媚回眸，令人一见，便一世倾心。

一朵朵鲜艳的太阳花，新鲜、美丽，尽绽在五月的天空里，盛开出淡淡的精华。端午节后，情窦初开，春风悄然漫过初夏的河堤，匆忙整理着岁月过往的思绪。夏，便赤着脚，悄悄地携着五彩斑斓一路走来，在这春末浅夏的接口处，阳光格外的明媚，天空湛蓝，蓝的像宝石，到处都是葱茏葳蕤，绿意盎然。

五月，又怎少得了火红的石榴花呢？清晨，一阵微风，石榴花儿带珠含露，在树枝上来回颤动，色彩娇艳欲滴。阳光下，石榴花的色彩艳丽夺目，一树的花朵，一树的火红，如同火焰般熊熊燃烧，绽放在绿油油的枝叶间，显得更加艳丽无比。花香随风飘，馨香满庭芳，醉了整个乡村。

五月，走进田野，数不尽的花，竞相开放，满眼花海。低矮的牵牛花，它们即使匍匐在地，也不忘奏响五彩的小喇叭，告诉人们，夏天快到了，小麦要黄了！五月一个充满希望的季节……

此时，我想说，五月的风，如诗人的笔，如画家的五彩，绘出绿的叶，红的花，把这个世界装扮得姹紫嫣红。将用绿色覆盖每一片荒凉，让大地换上了新装。

走进五月，如进入一个花的世界。走进五月，你就进入了花香的香妃园，花姿迷人，花香袭人，闻着阵阵花香，怎能不令人心醉？

（此文于 2019 年 6 月 21 日发表于德国《欧华导报》）

栀子花开幽幽香

乡下老家的后院，生长着几棵栀子树。

栀子花盛开的时候，踏进后院，一阵清新的凉风和着栀子花的幽香，迎面飘来，使人神清气爽。寻芳望去，地畔，石头路旁，几簇栀子花开得正艳，走近，栀子花淡淡地扑满眼帘，清纯而优雅，美丽而不张扬。

栀子花，又名栀子，黄栀子，属于双子叶植物纲，茜草科，是常绿灌木，枝叶繁茂，叶色四季常绿，花芳香，是重要的庭院观赏植物。栀子叶片呈单叶对生或三叶轮生，叶片倒卵形，革质，翠绿有光泽。小栀子花有大有小，大的栀子花叶片比小栀子花的大，叶片浅绿，叶脉更加清晰。

自古以来，栀子花就常出现在文人墨客的诗词歌赋中，南朝萧纲有诗云："素华偏可喜，的的半临池。疑为霜裹叶，复类雪封枝。"刘禹锡诗曰："色疑琼树倚，香似玉京来。且赏同心处，那忧别叶催。佳人如拟咏，何心待寒梅。"

被誉为花中禅客的栀子花，玉质自然，在人们的口中心中占尽溢美。

栀子花的生长对土壤也无过多要求，河岸、田埂、山脊，只要给它一席之地，也不需太多的眷顾，它就会芬芳一地。栀子花可漂亮啦，它的花朵开放之初，就像毛笔锋，尖尖的，萼片紧紧包裹着，绿叶中零星点缀一些白花。微风吹过，粉嫩粉嫩的毛笔锋花苞就会蓬松开来，又像蝴蝶一样，微微舒展着双翼的淡白色的花瓣，并努力地向上探头，然后，便轻轻地舒展开褴褛一样的外衣，一片一片，悄悄地绽放开第一层，平铺在叶子上。然后，又绽开第二层、第三层，于是，花瓣就像舞蹈演员，围着领舞舞蹈一样，有层次地绽开了。随之，那幽幽的馨香，轻轻地弥散，向周围弥漫开来。大栀子花的花朵比小栀子花要大一些，花瓣和花型都要圆一些，花朵依然香气宜人。

栀子花，悄然绽放在回忆中。小时候，我们还和外婆一家，杨奶奶一家，同住在一个四合院内，院里就有一棵很大的栀子花树，是外公栽植的，还有许多果树，院子高台的上面，又有一片葱郁的南竹。每当花开的季节，小院里就热闹起来，附近工厂的爷爷奶奶、叔叔阿姨、哥哥姐姐们前来赏花，还有人拿着黑白相机照相留影，颇有今天的农家乐之范。有这么多贵客光临寒舍，我像过节一样兴奋。

那时，父母常忙于农活，我由外婆带着。外公是个有学问的人，听母亲说，太外公当过乡约，相当今天的乡长或镇长，家境好，因此，年少的外公读过书，有点笔墨文采，在外公的影响下，外婆也识得一些字。外公那时还在村里办了私塾，方圆十几里的孩子几乎都来外公家读书。

外公去世后，外婆消沉了一阵子，常常呆望着那棵栀子树。半年后，六十八岁的外婆又振作起精神，不顾年迈，在雨天或空闲时间，在四合院的堂屋里当起老师，教村里的妇女们识字、绣花，她是要把外公所做的事情继续下去！

外婆也喜欢认识一些文化人，来院子里看花的人，她总是非常热情地招呼着，送水递茶，有时，还吟诵几句诗文。如宋代蒋堂的"庭前栀子树，四畔有椏枒。未结黄金子，先开白玉花。"宋代陈宓的"疏花早不奈香何，三叠琼葩底用多。最是动人情意处，黄梅已老未逢荷。"这让村子周围的零五厂的年轻知识分子，对我外婆这个乡下老太太刮目相看。

外婆虽已年迈，但她的思想情趣爱好仍然年轻，她总是将那洁白的还带有晶莹露珠的鲜花，连同那翠绿的树叶，轻轻连枝折下来，插进青花瓷花瓶中，盛满清水，搁在古香古色的书柜上，这时候的家里，馨香满屋，便颇具风雅了。

外婆忙完活计后，有时也坐在一把小藤椅上，闭目养神，小憩一会，让疲惫的身体得以缓释，毕竟是年逾古稀的老人了。我这时候最开心，悄悄地搬来小竹椅坐在她身边陪着她。外婆精神过来，就给我讲一些经典故事：《白蛇与许仙》《梁山伯与祝英台》《王宝钏》《牛郎和织女》，还有诸葛亮和杨家将满门忠烈的故事等。这使我懵懂初开，基本了解了什么是爱恨情仇。外婆还说："清香淡雅的栀子花，是忠贞爱情的象征。"外婆讲这些的时候，脸上总是一副满足的笑容，依旧荡漾着清纯少女般幸福可爱的样子，也许她是陷入了回忆！

渐渐地，外婆一天天苍老，脸上爬满了沧桑的皱纹，弓着背，甚至有些步履艰难。终于，茶饭不思，醒时，总不忘瞅几眼院中的栀子树。在一个风雨交加的日子，外婆走了，结束了她幸福美好的一生。这时，院里正开着花的栀子树，落满一地白色的花瓣。

（此文于 2020 年 6 月 18 日发表在《作家报》）

浅夏，石榴花儿红

时光正迈进浅夏的门槛，窗外，花架上的石榴花已饱满地绽放枝头，一团团，一簇簇，重重叠叠，热情似火。它们将我的小阳台整个儿渲染得艳红馨香，娇媚无比。

凌晨，不到六点，鸟雀已在窗外花架上的石榴枝丫间，呼朋引伴，"啾啾啾"一片欢快。我被这些可爱的小精灵唤醒，睡意荡然无存。随即起床，推窗，凝一眸冰清玉洁的清梦，与那有着火一般的光辉且特有的浓郁相吻。一股清新甜润的空气此刻随风越过枝头，毫不吝啬地将我身体沐浴其中。哇，这五月，携一缕浅夏的芬芳，连同停留在有你的彼岸，温润即将风干的记忆。

五月，风儿柔柔，水儿荡漾，在这个似水的季节，就这般悠然地坐在暮春的肩头。一轮红日轻快地跳出山谷，一抹温暖的阳光遍洒我的心房，激荡着心灵深处的温馨诗句，我不由得侧耳凝神，用心聆听着泥土灵魂的悠悠歌唱，窥探着大散关高大的门楼的雄浑岿然。

忽然，我被窗前树杈鸟窝里的一对母子情形震惊了：

屋檐下，一只小雀儿，从远处衔来食物，正喂着一只精神不振的老雀。老雀或是它生病的母亲，小雀小心翼翼地将好不容易觅来的谷粒送到雀妈妈的嘴边。一连几天，这一幕被我撞见，顿感心有涌动，眼睛湿润。"羊羔跪乳，乌鸦反哺"，动物尚且如此！可自己整天借口工作忙，很少回家，忽视了母亲对我的爱，不懂得感恩，不知回报，都两月未回家了，想来觉得惭愧万分，我陷入了深深的自责。对，一定得回乡下看望那年迈的含辛茹苦养育我的老母亲。

那日，装好买下的礼物，再买点新鲜的水果、蔬菜，乘车去洛河老家，在这浓情的五月感恩探母。

也许是小鸟让我醒悟，心结打开了。那日，走在乡间的小路上，阳光明媚。天，显得格外蓝；山，显得格外绿。周末回趟娘家放松一下，也给心情换了一套率性自然的休闲春季服装。我步履款款，走路也比平常走路轻快些，不知不觉已到家门口了。

那天，母亲知道我要回家，也显得格外高兴，老早就做好我最爱吃的油泼辣子菜豆腐等着我，我们边吃边聊，有说有笑，一团和谐。之前的那些隔阂早就因微笑、寒暄，温和地交谈融化了。

我走近母亲，看见母亲为我磨豆腐而早起，站得肿胀的腿脚，鬓角那几缕飘动的斑白的银丝，我心，顿时难过万分。便悄悄地拿起我买给她的水果，剥一个橙子递给她，洗一盘晶莹剔透，鲜红水亮，如玛瑙般的红樱桃，给母亲喂在嘴里，母亲笑了，我也笑了。透过胳膊肘的间隙，我看见母亲抬手取东西时微笑着，眼眶里却蓄满了晶莹闪亮的热泪。

那个五月，我曾携一缕浅夏的芬芳，在欢庆劳动节的汗水后，我回忆青春时那青涩的过往，回味过温馨醇醇的母爱。

可是，而今，这个爱意绵绵，浓情似水的五月，我却再也见不到母亲了。母亲去世的这五年里，我的失落、惆怅和思念如长长的丝线，扯得我无数次从梦中醒来，思念的泪打湿枕边，心好痛，那份思亲锥心之痛又有谁能够感受得到呢？"树欲静而风不止，子欲养而亲不待"，这阴阳之隔的牵挂和思念又有谁能懂？

　　浅夏，石榴花开红艳艳，愿亲情如那烈烈燃烧的石榴花，纯真、浓浓。活着，有母亲相伴是幸福的！我想说，那些父母尚健在而不懂感恩的你，请珍惜有父母老人的日子，他们才是你的幸福和财富。

蔷薇满架开

每当春夏之交，最美的蔷薇花就开了。无论是开在墙头还是街角，一架架蔷薇，是最能吸人眼球的，它开得总是那么热烈而美好。

那一簇簇盛开的蔷薇花儿，仿佛不是为了争奇斗艳，也不是为了大好春光，而是不约而同，就轰轰烈烈地一起开了！仿佛一群好奇的孩子，一起挤在季节的窗口，窥视春天的芳容，它们你推我拥，突然就站到时光的最前方，成了最引人注目的绚丽风景。

蔷薇善攀缘生长，实在没有东西可以攀缘的时候，它们就匍匐在地，继续四处蔓延，可谓生命强矣！蔷薇花比月季花小很多，有单瓣和多瓣之分。花朵常常一簇簇地堆砌在枝头，好像每一朵花都是一张笑脸，那么坦白、那么纯粹，享受着来自岁月的褒奖！

凤凰湖边的绿化带里，零零落落地开着白、红、黄、粉、紫等五颜六色的许多小蔷薇花。它们或蜷缩在大树下，或丛生于月季和冬青树的旁边，从没有人打理。但无论生长在什么地方，它们都开得沉醉而酣畅！它们卑微地活着，却认真地开放着，它们从不计较生长在什么地方，也从不计较有没有欣赏的目光。只要有土有水有阳光，它们就一定会孕育，开花、芬芳……

在我家附近，穿过挂满飞絮的蛛网和层层花草的重围，我终于看到那一丛白蔷薇：一团团，一簇簇，白色的花儿，冰雕玉砌一般，静静地开放着。绿叶参差，白绒团团，美得让人瞠目结舌。上面是绿叶如盖的法国梧桐，周围是如刀斧林立的月季花丛，这一丛蔷薇花被镇压着，包围着，却依然开得如痴如醉。

"兰叶春葳蕤，桂花秋皎洁"，每个季节都有属于自己的花儿绽放，如春兰秋菊，冬梅夏荷。人们可以错过它们的花期，但它们绝对不会错过自己的花季！

我欣赏蔷薇，即使没有人欣赏，没有人赞美，它们一样开得光华璀璨，异彩纷呈。在植物的世界里，蔷薇花就这样默默无闻地盛开了，又安安静静地凋落了。尽管无人打理，它们也会坚强地攀爬于物体上，高傲地仰着头，永不自卑。

蜜蜂来了，蝴蝶来了，清风来了，明月来了，烈日来了，暴雨来了，赞美来了，指责来了……但是，蔷薇花有自己的生命物语，它只管默默地生长，静静地绽放，把最美好、最灿烂的笑容留给世人！

我忽然觉得，这些蔷薇花不正像在大山里，那些默默无闻，教书育人的山村教师吗？他们没有地位，无论严寒与酷暑，无论工资待遇有多少，无论有没有人看得起，他们依然扎根山区，把自己的知识毫不保留地教给学生，送走了一批又一批的莘莘学子，苦了自己，成就他人！

深山沟壑的狼牙刺花

每当清明过后，在家乡的满山遍野盛开着百合花。这时，狼牙刺花也随之竞相开放着，其花味馨香扑鼻，备受蜜蜂喜爱，于是，许多的养蜂人便带着他的蜜蜂从省内外云集而来，逐花夺蜜。

狼牙刺呈五瓣花，色洁白，花小，如同一粒米那么大，金黄的花蕊，一团团，一簇簇，挂满枝头。放眼望去，整个山崖峡谷如同挂满了雪花，披上了白衣。春天的山野仿佛被这花变成了雪花飘洒的"冬天"。这种不知名的植物被当地人称作"狼牙刺"。

狼牙刺属于羽状复叶，跟黄刺玫基本相似，只是叶片更小。看上去很不起眼，可是它的总状花序，跟洋槐花十分接近，花萼呈现浅蓝色，盛开之后逐渐变成白色，香气甜润，沁人肺腑。花期一到，山坡上白茫茫的一片，既爽心又悦目。

狼牙刺开的花与别的花不同。别的花往往一枝独秀，而狼牙刺却是百花齐放，一团一簇地开。就因为这样，狼牙刺才有了一种与众不同的美。它不像昙花、茉莉那样清新典雅；也不像玫瑰、牡丹那样雍容华贵；

它具有一种天然的美，朴实的美。

在山里行走，可千万别把狼牙刺不当一回事。狼牙刺和枣刺、蜂刺、倒钩牛刺一样，都浑身长满了自我防护的"武器"，它的每个细枝末端，都延伸成尖利的芒刺，上面还有几个龇牙咧嘴的帮凶小兄弟，"打仗还需亲兄弟，上阵还需父子兵"，一看就招惹不起。假若，你要是在山中寻幽探险，采风，一不小心，被狼牙刺扎到，就会奇痒难忍，疼痛无比。要是不小心被它刺中了，得赶紧拔出刺头，用力挤压，让血液冲出毒素，以此减轻痛苦。

狼牙刺浑身长满了刺，不但保护自己，还是许多花草和鸟儿的庇护神。小时候，我们常在山里丛林中挖药，发现，狼牙刺丛林中的野韭菜和野生百合花秧就特别多，往往为拔野韭菜，被它扎伤手，那些常在它下面栖息的野兔、野鸡、金鸡，见到我们便四散逃跑。有时，我们会惊喜地发现一窝野鸡或金鸡蛋。那些麻雀、画眉鸟也喜欢在它枝丫上筑巢。在风和日丽的天气，它们便"叽叽喳喳"，呼朋引伴，打情骂俏。

狼牙刺属于落叶小灌木，山坡沟壑崖边长满了老狼牙刺，它们弯弯曲曲，满身绿苔，且糙皮皴裂，一棵比一棵奇丑无比，没了个树形儿。然而，水灾，涝不死它；旱灾，干不死它，生命力极强，它敢于拼搏，在岩石缝中生长，即使断了根也要努力活下去。它是靠动物传播种子，牛羊折其枝丫，然而，红嘴蓝雀则把荚果折下来，往山崖上运送。在以狼牙刺种子为食的动物当中，最为忙碌的莫过于成群结队的松鼠。它们伶俐地蹿上蹿下，用两只前爪快捷地剥取狼牙刺种子，不停地往腮帮子里塞，直到鼓胀的牙齿都露出来了，才跑到自己认为安全的地方，迅速埋藏，然后前腿离地打起身，翘首四顾一番，再去采集。我曾看过每处的储备粮都只一小捧。可是，它们连一半也吃不到肚里。在整个漫长的冬天，这些美食都被野鸡捷足先登，刨出来分享了。那些从兔子、野鸡的门牙缝里幸存下来的种子，第二年，就会长成一棵小狼牙刺苗。也许正是松鼠传播的功劳，狼牙刺才长得满山遍野，到处都是。

听奶奶说，民国十八年闹旱灾，家乡遭饥荒。山里像松柏那样极为耐旱的植物都大片大片干死了，唯独狼牙刺照旧开花结荚，许多人就用狼牙刺种子磨成面掺在大豆粗粮树皮磨成的面里，做成食物充饥，救了许多条人命。

狼牙刺的木质像柏树一样细腻坚硬，人们喜欢用它烧饭。以前，我在山村教学，遇到阴雨天气，没干柴烧饭，立即砍几棵新鲜狼牙刺就能烧火做饭。灶膛里，火光炽白且带着蓝色火焰，"噼里啪啦"火花飞溅，跟燃放那种叫"小豆荏子"的鞭炮一样，火力大，做的饭特别香。

现代药理及临床应用研究表明：狼牙刺全株都含有苦参碱、氧化苦参碱、槐果碱、氧化槐果碱等多种生物碱，具有抗炎、杀虫、抑菌以及免疫抑制作用，它的提取物能够治疗心律不齐、乙肝和癌症。狼牙刺花蜜，已被认定为具有比其他蜂蜜更好的医用和保健作用。

狼牙刺，虽其貌不扬，却给人的甚多。它全身是宝，不但是前景极好的一种绿化树种，能带给人们赏心悦目美的享受，更会发挥特效，治病救人，解除更多人的痛苦。我想，这样甘于牺牲，只讲奉献，不求回报与人们有益的狼牙刺，人们又怎能不喜欢呢？

（此文于 2020 年 7 月 15 日发表在《黄冈日报》）

牡丹花开幸福长

牡丹是中国特有的木本名贵花卉，有数千年的自然生长及人工栽培历史。唐代刘禹锡有诗云："庭前芍药妖无格，池上芙蕖净少情。唯有牡丹真国色，花开时节动京城。"在清代末年，牡丹就曾被当作中国的国花。

谷雨前后，正值牡丹最旺花期，它的枝细而长，叶子翠绿，形如一个个小巴掌，似小朋友正拍着手欢迎远客一样。我们挑最名贵的"姚黄""魏紫""豆绿""赵粉"，被称为牡丹"四大花王"先饱眼福。牡丹花色，绚烂多彩，各具艳丽，却都令人惊叹，大红的令人激情振奋；淡黄色令人心胸豁达；深黑色令人从容稳健；豆绿色催人联想，启人深思；青蓝色让人恬适安静。每每徜徉在绚丽多彩的牡丹王国里，人们如痴如醉，犹如置身于仙境般。

"春来谁做韶华主，总领群芳是牡丹。"是说，在百花盛开的春天，只有风华绝代，雍容华贵，艳冠群芳的牡丹，才算得上春天的主角，因此牡丹成了文人墨客赋诗作画的好题材，也是代表幸福美好的象征。可叹，人们只记得梅花傲雪凌霜，铮铮铁骨，却忘了牡丹在那华丽背后的坚强。

牡丹素有"国色天香""花中之王"的美誉。

我喜爱牡丹，虽说它没有梅花的坚强隐忍，没有桃花的温婉动人，没有玫瑰的娇艳欲滴。但其骨子里的刚烈，就像草根百姓朴素的自尊。即使身处穷乡僻壤，也谦和地藏起娇媚，自然演绎着真性情。于四月的风雨中，牡丹依然挺立着它应有的风姿绰约，把穿越千年的韵致挥洒成一道柔美的风景。

"啊啊啊—牡丹，百花丛中最鲜艳！啊——牡丹，众香国里最壮观……"当我耳畔不由得回响起由我国著名歌唱家蒋大为演唱的这首《牡丹之歌》时，我就热血沸腾。看来词作家乔羽，慧眼独到，独辟蹊径，从牡丹历尽贫寒，把美丽带给人间着笔，又到誉为"国花"，从不同角度写出了牡丹的不同凡响，也道出了所有人对牡丹的赞誉之情。

1985 年的 5 月，牡丹被评为中国十大名花之一。牡丹在我国栽培甚广，并早已引种世界各地。牡丹还是老百姓喜爱的花，现在我们附近的农村家家门前、庭院也都栽种了牡丹。

牡丹的花语是：圆满、浓情、富贵。在人们的心目中，牡丹是美的化身，纯洁爱情的象征。因此，民间一直流传着"谷雨过三天，园里看牡丹"的雅风习俗。因为，谷雨节气，牡丹花开得正浓艳，人们总是相约而至，彼此守护，像极了一对恋人和那些追求幸福的人们。

"云想衣裳花想容，春风拂槛露华浓。"每当读到这两句甜蜜、浓稠的化不开的诗句，牡丹花的形象就愈发风姿绰约起来。"只缘感君一回顾，使我思君朝与暮。"爱情总在不经意间，就沁入了一个人的心扉。在牡丹花的簇拥下：宁静的田园，有一对对辛勤劳作的夫妇，正男耕女织；茅舍炊烟袅袅，有一群群家禽，正鸡犬相逐；潺潺的小溪边，有一树树盛开的繁花，正蜂飞蝶绕；婆娑的杨柳下，有一对对爱意绵绵的情侣们……每一个人都会梦想偏安一隅甜润的小幸福，"若是两情相悦时"，爱情就已经生根发芽，只需要用真诚浇灌，用心呵护，便能结出甜蜜的果实。

你我天南地北汇聚而来，只为一偿夙愿。牡丹成为一种美好感情的心灵寄托和怀揣着爱的甜蜜期盼。但愿，于千万赏花人中，遇见幸福有你，有我，有她。

轻飞曼舞醉樱花

时雨飘洒，三月乍暖还寒，植物园的樱花早就耐不住寂寞了，先是伸展那些缀着红晕的花骨朵的枝丫，在春风里嗫嚅地颤动。之后，在眨眼的工夫，却悄然绽放，一朵两朵嫩嫩的，粉白粉白的。瞧，那一团团，一簇簇，紧紧地簇拥在一起，转瞬便肆意地盛开，开得那么轰轰烈烈，那么热闹，那么隆重，像是在举行一个盛大的庆典。此时，游客的话题，无不与樱花有关，连飞来飞去的小鸟儿也"叽叽喳喳"，呼朋引伴，好似说："看樱花！看樱花！"太阳也懒洋洋地爬起来，露出小半个脸，把湿漉漉的光洒到这植物园。不计其数的相机或手机的镜头，早就对准了樱花树，等太阳跃出地平线的一刹那，只听不绝于耳的"咔嚓，咔嚓"按动相机快门声，他们拍下了无数张樱花丽人的瞬间景致。

樱花园里游人如织，如潮般涌来。我疑惑不解地问："为什么那么多人都来看樱花啊？"朋友说："那是因为樱花不仅美艳迷人，还因花期很短。"

我们漫步于幽深的樱花小巷，簇簇团团的花朵挤满了枝头，似云，似雪。花儿一般早于叶子生长出来，且颜色颇多，有粉红、深红、玫红、淡绿、银白，五颜六色。刚开时，花色较深，朵朵艳丽，玲珑可爱。怒放后的花树，一片紫红，一片淡粉，一片洁白，它们素雅宁静却不显苍白。这时，一阵微风拂过，樱花便轻飞曼舞，落英缤纷，那妩媚迷人的繁花，在明媚的季节里，在广袤的天际，肆意辗转盘旋，无语翻飞，像下一场"花雨"，纷纷扬扬落到游人头发上、衣袖上，置身其间，怎能不令人怦然心动，令人陶醉？

站在古朴、雅致的"醉香阁"楼顶上，看樱花小巷里的樱树林，似一道雪砌的白色长城。一片晶莹的花海间夹了几点绿色，那是樱花树的新枝嫩叶，异彩纷呈，其间遒劲盘绕的枝，青绿的叶，粉白的阁楼，暗红的琉璃瓦，和那些身着五颜六色衣裳的游人，构成了一幅无与伦比的赏樱图。

移步再到"红苑"，石路南的红樱排成行，一树树红樱如团团燃烧的火焰，由浅红的嫩叶陪衬，远看，仿佛晨熹微露的朝霞。石路北，那片白樱如雪，却比雪美；似云，却比云纯洁，红樱蕊点缀其中，像白锦上嵌着无数颗粉红的宝石，美艳如画。此刻，我已陶醉，无法自拔，站定，任风吹落的花瓣，亲吻我的面颊，忽然，仿佛自己也成了一棵樱树，随风舞蹈。

可惜，过了几天，我再去植物园，樱花芳华一夜殆尽。我好惋惜，樱树的花期虽然短暂，但它极美，它在雅静与激烈、疏淡与繁丽，花开与花落等极端矛盾之中，造就一种极致的唯美。

此时，三月的樱花园，虽樱花凋零了，但仍处处弥漫着早春的气息。我深深体会到宝鸡这座城市的文化厚重，感受到别样的雅致。这道靓丽而少见的人间美景也让我们不得不想到了令人担忧的环境问题，现在樱花的初花期提早了许多，游人虽然可早点一览樱花轻飞曼舞的绰约风姿，然而，她含笑怒放也昭示着冬季气温升高，热效应增强，也向人类发出环境反差的黄牌警告。"好花美丽不常开，好景迷人不常在。"

此刻，我想大声呼吁人们："请保护环境，爱护地球！因为，人类赖以生存的唯一家园，只有地球！"

"梅花三弄"冬日行

"梅花三弄"在大秦岭山脚下，位于凤县凤州镇的桑园村公路旁边。

冬日的秦岭门楼，早早地戴上了毛茸茸的雪帽，万里山川银装素裹，千山万壑惟余莽莽。只有梅花，给这片沧桑大地带来生机。

远眺梅园犹如白丝巾上的刺绣，让人眼前一亮，精神振奋。

进入梅园赏花，小径的两侧梅花盛开，形成了一条美丽的梅花甬道，走在其中，点点如星，生机益然。

梅花，冰枝嫩芽，孤傲清雅，疏朗秀美，幽香宜人。冬日是她的花季，凌寒是她无畏的精神，独放是她独树一帜的品格。梅花五彩斑斓，紫红、鹅黄、洁白、淡墨，红如朝霞、黄如秋实、白似瑞雪、墨如泼画。梅花的花姿各异，有的还是花骨朵，有的含苞待放，有的傲雪怒放。一枝枝、一簇簇、一树树、一片片，光彩夺目，眼花缭乱，可谓梅开春烂漫，让你忘记了风雪、忘记寒冷。感觉古人那"可爱深红爱浅红"，用来比喻梅花更为恰当。那白色的梅花，更是玉雕雪塑，冰肌玉骨，清雅脱俗。

人畅游在梅花花海之中，四处都是亮眼的鲜艳，花影拂面，暗香袭人，巧笑嫣然，此时，我好想说："人面梅花亦相映红。"

赏梅的游人络绎不绝，身着汉服的俊男俏女走过来，感觉穿越了历史，走入了明修栈道，暗渡陈仓的三国，似乎听到了金戈铁马的厮杀和搏击声。

艳丽的"梅花三弄"当然也引来了众多的摄影爱好者，他们一朵朵专心地搜寻着具有个性的梅花，微距的镜头甚至贴上了梅花。

梅花亦有个性，它们自愿开放，或簇拥一起，或傲立梢头，或是有这样个性不同的梅花，才有了与众不同的梅枝。

徜徉在梅园丛中，深吸一口清凉的梅香，让人痴迷，让人沉醉，让人的心魂如一缕游丝，随着目光，穿过重叠的花枝，悠悠然地四处飘荡。

坐在梅花丛中，品尝美酒，酒不醉人花醉人，在花香氤氲之中，安静而舒适。

下午，风伴着雪花飞舞了起来，红梅映雪花分外艳，梅花好像在说，"让风雪来得更猛烈一些吧！"

梅花，是一种极为平凡的植物花卉，却盛开在严寒之中，不畏不惧，独占鳌头，它是冬天的佼佼者，以一身洁白或红或墨征服花的世界。

梅花是由娇小的五个花瓣组成的，白梅是那样的纯洁，墨梅是那样的高贵，都伴有梅花独有的幽香。

我喜欢梅花，喜欢它的坚强不屈，喜欢它的与世无争，喜欢它的淡雅朴素，更喜欢它顽强的生命力。我欣赏梅花那瘦弱的身躯里有着坚强和执着。在这寒冷的冬日里，它没有了蝴蝶的陪伴，也没有了蜜蜂的采蜜，更没有绿叶的陪衬，它却迎风傲雪，无畏无惧，悄然怒放，它是花中的真君子。

朋友，当你在野外雪中漫步，偶然看到一株梅花树时，你会想到自己并不孤独，而是有梅花和你同行！

生命如玉兰般绽放

玉兰仿佛嗅到了春色，又好似听见自己的心跳，欢快而急促，因为外边下雨了，是檐下的雨滴，"叮咚叮咚"敲击着石砾这个键盘，又好像乐队演奏着一首动听的乐曲。

是春天到了，风真的和煦拂面，旖旎起来，可有时它又变得粗狂，不仅吹落了树的枯叶，有时，竟把大树的腰肢扭得来回摆动或断裂，似有非赶走整个冬日的苍白不可之势。玉兰则是春中最不安分的花朵，还未抽出新芽，却早早地结出了花骨朵儿，矗立于料峭春寒中，孤芳自赏。这让我想起那些不畏生活的挫折，坚强生活着的女子，即使活得孤单艰难，也要活出属于自己的精彩，这种奋力拼搏的闯劲，实在令我折服！

其实，生命在很多时候都是一场和自己对话的旅程，喃喃自语不需要倾诉与他人听。比如，前些天，我在火车上偶遇的欧阳平，她就是个独立、自强不息、不畏坎坷命运的打击，顽强生活的女子。她丈夫现在发达有钱了，就贪慕美色，另寻新欢，感情破裂，致使他们分道扬镳，各奔东西。她在悲愤中，自己一人带着女儿，独立生活，从不喋喋不休诉与别人。而是自强不息，为了有份工作，她每周去市里参加会计培训，学习财会知识，她还喜欢文学、书画、舞蹈。谈起婚姻，她并没颓废、沮丧，而是很淡定。她说："人和人的遇见都需要缘分，缘分到了自然便会在茫茫人海中遇见那朵花开，如果缘分尽了，便也曲终人散，各自纷飞。我与前夫的缘分已尽，离开其实也是一种解脱，让各自做自己喜欢的事。没有他，我不再依靠，我有手有脚，靠自己的辛勤努力一样可以生活得更好！"

后来从我亲见，也证实了她这点。一年后的她已是身兼三家企业的会计，待遇不错。我还在文联看到她的舞蹈演出，动作娴熟优美，无不令人折服。演出结束，我去看她，一拨人正围着她喊："欧阳老师"并讨教每个动作；快过春节了，她和她的书画朋友一起抽空在街头为居民免费撰写对联，在寒冬中，雪花飞舞，她的红围巾与她的墨香色相互映衬，好美！更彰显出她无穷的人格魅力！

走在植物园的花间，就想起她的话，想着她多么像那朵孤傲、高洁的白玉兰啊，在早春的街头盛开，在喧闹和红尘中绽放，它的清冷和高雅又有几人能读懂？

我不知不觉喜欢上了她，怜爱她！她也和我很投缘，"姐姐，姐姐"叫着。我真想为她物色一个能和她灵魂共振的相伴一生的伴侣。我想再美的人，也要有人懂得，再美的花，也要有人欣赏才会更加娇艳、妩媚！只可惜，她却淡淡地说："姐姐，随缘吧！人也如花，所以遇见花开，也是缘分，你遇见或者擦肩，都是命中注定的。"

好感慨！是啊，一粥一饭的爱，胜过纸醉金迷的奢华。夫妻间最好的关系是，你知我眼中意，我懂你眉间语。真爱的彼此不必过多倾诉，早已知情达意。可现实，为爱赴火的男男女女，遇见时的刹那，便是风华绝代，石破天惊，可一旦遭难，或青春消逝，如花凋零，能保持原来爱的颜色能有几个人？看尽繁华，这世上，从来没有绝对的岁月静好，能真正陪你一生的才值得珍惜。如今,快餐式的生活节奏,谁不是在艰难地靠自己努力地活着呢?所以,女子自尊、自立、自强很重要。

天下女子啊,请养一颗淡定心,趁阳光正好,趁还年轻,努力上进,学技能,靠自己本事活出自己的精彩,那才是最真的自己,那里才是咱温暖的故乡!就像这些开在春天的玉兰,即使孤独,亦要开出属于自己的姿态,那凌然的样子,便是做人的一种态度,即使遇严寒,亦要凌寒绽放,绝不低头妥协。

玉兰啊,我喜欢你的洁白无瑕、冰清玉洁,更喜欢你在寒风料峭,不畏严冬、独立枝头傲风雪的顽强精神!我喜爱你正如喜爱欧阳平这样的女子一般,高洁坚强。

洁白的洋槐花

洋槐树也是家乡凤县的主要树种之一，生长快，树高而大。

小麦青黄的时候，也是洋槐花盛开的时节。洋槐花成串成束，洁白如玉，香飘满野，是大自然对人们的又一馈赠。

四月的一天，我端坐在阅览室，临窗，手捧一本喜爱的书，它是女作家白落梅所著的《时光知味》。当我正专心致志地读着，蓦地，一股股清香悄然飘来，顿时，感到舒心的气息萦绕心房。我被这迷人的气息深深地感染了，不知不觉地轻轻放下书本，悄悄地走出阅览室，不敢弄出大响声来，生怕惊散这美好的气息。

寻香而去，原来，香气是不远处洋槐花散发出的味道。洋槐花悄悄地开了，虽然还青涩幼嫩，但它的香味已经奉献给原野。洋槐花的香味独特，香香的、甜甜的，有点像喝了口茉莉茶，那缕缕淡淡的清香，顷刻间便滋润心脾，浑身上下，通透舒畅。

我蹑手蹑脚地走到这棵槐树下，树不算大，显得年轻，但叶茂花盛，一串串洁白的槐花，琼堆玉砌，白色风铃般缀满枝头，格外惹眼。春风吹过，浓郁的槐香缕缕飘来，沁人心脾，令人沉醉。坐在树下，静静地闻一闻这洋槐花的香味，儿时的记忆便浮云般涌现在脑海中。

我的家乡，群山环抱，依山傍水，景色秀丽。这里也是槐树的故乡。

小时候，村落道旁，房前屋后，不仅有榆树、枣树、柿子树、核桃树等，但更多的还是槐树。我们村前就有一棵上百年的槐树，树大根深，枝繁叶茂，这棵槐树下面，便是村童玩耍的地方。记忆里，那棵古老的槐树不同于周围其他槐树，它除了高大，树干上斑斑圈圈，层层苍老的树皮还伏在树干上，似乎在静静地刻画着岁月的痕迹和沧桑。

春天，一场春雨过后，洋槐花伴着烟雨挂满枝头，在一阵阵风中，随风摇曳着快乐，洁白的槐花被风吹散，飘落一地，一旁湿漉漉的土坯墙头，仿佛也披上了白褂，蜂蝶萦绕，别有滋味。空气中弥漫着槐花的芬芳，更加浓郁。雨洗尘烟，槐树的叶子愈显碧绿，在绿意的衬托下，白色的槐花更是分外的绚丽，洋槐花就像一串串诱人的翡翠，或像穿着芭蕾舞裙的小姑娘，含苞欲放的槐花蕾则像灰姑娘脚下那只水晶鞋。

我情不自禁地从树上摘下一枝槐花，轻轻地抚摸着那细腻、洁白的花瓣，掐下一小朵放进嘴里含着，咂摸着那香甜的味道。

唐代诗人罗隐说，"采得百花成蜜后，为谁辛苦为谁甜。"槐花盛开的日子，就有嗡嗡的蜜蜂飞来飞去，忙碌不停地采着洋槐花的蜜。蜜蜂多的时候，可以说成群结队，密密麻麻一片，让你有点恐惧。

洋槐树的叶和花与其他树的叶、花，看起来有近乎相同的形状，但它大小颜色功效各异。它的一枝树叶，左右均匀对称地长着十多个叶片，叶子尖上，有一"领头羊"的叶片，所以一枝叶的叶片总是奇数，一个叶片有四十毫米长，二十毫米宽吧，也是左右对称，一枝叶就是一串叶片。一串洋槐花，也是在一个花茎上前后左右上下均匀结出花苞苞，花茎头上也有一个"领头羊"的花苞苞，一粒洋槐花约小指尖大小，一串洋槐花约一半拳头大小。

洋槐花，不仅在大秦岭是靓丽的一抹景致，养眼，而且能食用，能养人。洋槐花的吃法花样繁多，有槐花饼、槐花麦饭、槐花果果、槐花粥等，入口香甜，绵软不腻，甜滋滋，香喷喷，味道好极啦，念之垂涎，至今唇齿留香……

落满记忆里的桂香

有人说，春天是绿色的，夏天是红色的。那么，我要说秋天应该是金色的吧。最美、最纯粹的金黄色应该是桂蕊。记忆里，秋天，家门前那两棵桂树，满树枝丫间托起一蓬蓬的金黄的花骨朵，小巧，精致，香气袭人。

小时候，我喜欢端个小凳坐在桂树下看书，写作业。累了，就起身徘徊，踩着洒落一地的碎金，看云飘，听鸟鸣。只为吸一口那甜润的香气。

母亲习惯用桂花、蜂蜜、糯米等调制好，做成香甜的桂花糕点。每当这时，我们全家人坐在桂树下，享受其乐融融的温馨。

父亲说："桂蕊泡茶，甜丝丝的，仿佛在茶杯里浸泡过的蜜一样，甜香而不腻，宛如豆蔻少女的酒靥。据说，这才是故乡的纯正味道。桂蕊能制造一个香艳的世界，而且功用很多，慷慨济世。"

母亲每次扫起掉落一地的桂蕊，将它晒干，装到锦囊中，做成香包，端午节，缝在女子腰间，走到哪儿，桂花香气就香到哪儿。母亲也因此卖了桂蕊，换一些钱，为我们姐弟交学费，买本子、笔等，添置些学习用品。每当我读书感到倦乏之时，嗅一嗅香囊，便感到神清气爽。

那时，村里一位上了年纪的李大爷，喜欢用晒干的桂蕊泡茶喝，他说："这茶可以提神醒脑、止咳化痰，坚持喝，效果不错！"李大爷过去是民办教师，读过很多书。他又说："宋代诗人杨万里，一次在乡下，喝一杯桂叶鹿蹄炮制的酒，很感兴趣，还请教当地村民此酒的炮制诀。村民告诉他，桂树花开时，用带有桂花的叶与鹿蹄煮酒，酿制成功后，味道绝美。放久了，味道则不如刚酿的酒好喝。"当我们问李大爷有没有做过桂叶鹿蹄酒时。他笑着说："以前试着做过几次，味道真不错！只可惜，鹿蹄稀缺、宝贵，近十几年没再做过，每年只采些鲜桂蕊晒干，用来泡茶解渴，提神，还帮许多人治好了咳嗽。"

记忆中，每到八月，村里的嫂嫂们，一个个笑脸盈盈地端着簸箕去老桂树下收桂蕊。每年如此，住在附近的人们，会搬来梯子站上去，靠在树干上摘桂蕊，一些年轻的嫂子们分别爬上树，挑最嫩最黄的桂蕊摘。

母亲告诉我，树上摘的桂蕊没沾染泥尘。如果捡拾地上的，还得拿水清洗，便减少了几分的清香与色泽。

每朵桂蕊，四个花瓣，刚开的桂蕊金黄金黄的，好似典雅的皇冠，漂亮极了！嫂子们摘完树上的桂蕊，回家坐在自家院子里，拿剪刀除去残梗断枝，先拣干净渣子，再去古井边提水洗去桂蕊身上的杂质，用剪好的白布包起桂蕊，用双手搓揉，等金黄的汁液渗出包布外，滴到一个大瓶子里，撒进适量的白盐，榨出新鲜橙子的汁液，曡到装有桂蕊液的瓶里，再把橙子皮切成丝，倒进瓶子里，最后密封瓶口保存。大约半个月后，桂蕊膏就好了。拿筷子挑一点桂蕊膏，泡茶喝或者蘸面包吃，味道柔和，尝一口，香极了！好吃得很呀。

后来，我离开故乡进城工作，但每当秋天，母亲来城里看我总不忘带一罐桂蕊膏。我明白，母亲是让我这个离开家乡孤独冷寂的游子，吃到桂花糕便顿感熨帖暖心。

　　在故乡生活的那些平淡的日子里，家乡庭院的桂树，仿佛是一位见证岁月的有心人，用年轮一笔一画记载着故乡的历史。所有残枯的秋叶，均在我的珍藏之列，小说散文等书本扉页里。

　　我拿桂树叶把它做一枚清凉的书签送给我的孩子，我想让他的书里的每一个字都染上桂蕊的馨香与故乡的颜色，在迷茫时，不再苍凉与彷徨。家乡的桂蕊啊，我知道，每一片叶子都仿佛是一张刻录了家乡沧桑岁月的历史签条。落在记忆的桂香，我们不可能全部闻到，但我懂得我生命里的每一道暖阳，每一缕月光，其实均是桂蕊用绝尘飘溢的香气擦亮的。

　　家乡的桂蕊，我记忆里那满树的金黄！

　　　　　　　　　　（此文于 2020.1.9 发表在《乌鲁木齐晚报》）

樱桃花开了

"万木皆未秀，一林先含春。"每当读到孟郊这首诗句，我就觉得樱桃花不仅很美，还是故乡的一种报春花。

过完年，正月十五，气温刚有些回升，还沉睡在严寒中的樱桃树，却被山村一阵"噼里啪啦"闹元宵的鞭炮声唤醒。早晨，村庄还弥漫着湿漉漉的冷雾，罗河边上的樱桃花，就像掩藏不住春心荡漾的早熟少女，迫不及待地绽开了爱情的花蕾。

樱桃花很热烈，它踩着冬天的尾巴，一路奔跑着，欢笑着，热热闹闹，绽开一树树繁花。我说它是想赶在迎春花之前，抢着给村民们带来春天的消息吧。可妹妹却说，它们是来和迎春花比美的。

举目四望，山村满目萧条中，突地涌出一片花海，怎不叫我们一阵惊喜，眼睛为之一亮，精神也为之一振呢？

"看樱桃花了！"在一阵欢呼雀跃声中，我们和村里的一群小娃娃跑向樱桃花海。

樱桃树上所有的枝丫正伸展着芽苞，有的已经从中绽出粉白的花蕾，也有的开出嫣红的、粉红的、浅黄的花蕾。

一场春雨后，在潺潺的小河边，成片的一棵棵樱桃树喝足了雨水都抖抖精神，很快，花骨朵不约而同粲然绽放，白的，雪白雪白，朵朵冷艳，冰清玉洁，晶莹剔透，翘首迎春。粉的、嫣红的花骨朵，在光秃秃的树枝上，不需要绿叶衬托，密密匝匝，红的如燃烧的火焰，粉的似素雅的锦缎。远看，那一树树娇艳的樱花，宛如在苍山与清澈而平静的水面绣上了一大朵一大朵娇艳的荷花一般美，更像一幅绝美的水墨画！

近看樱桃花，它小小的五片花瓣，一朵花大约有寸把长，三朵五朵花结成有柄的伞房状，或总状的花序。那些美丽的花蕊从芯心抽出，均匀地排列着，与花瓣等长的雄蕊总是多一些，而只一枚雌蕊，花柱平滑可人，近看，比走马观花远眺，更多了一种纤纤弱弱的柔美韵味。

或遇一场春雪，洁白的樱桃花，掩映于雪花中，让你更难寻芳。只有那几树粉色、嫣红的樱桃花，在雪花里跳跃着，欢笑着，似一团团热情的火焰，生出几分温情，使山峦河川添上几分秀色。

农历四月间，河道秧苗长成，农村有"开秧门"的习俗。因此，乡村的人们习惯把樱桃叫作"秧桃"。

插秧了，樱桃也熟了，红艳艳的满树都是，催人味蕾。乡里的孩子会爬树，个个像猴子似的，抢摘樱桃，恰似一场春季采摘比赛。既令人兴奋，又紧张。我是比较笨的女孩子，每次都是弟弟爬上树，将摘好的樱桃先递给树下的我，然后再摘给自己吃。

红红的晶莹剔透的樱桃，密密稠稠，层层叠叠，密不透风，树上的孩子伸手一捋就是一大把，不用洗，猴急的直往嘴里塞，好像肚子是个无底洞，永远也填不满，个个狼吞虎咽，连皮带核整个吞进肚子里。弟弟在树上总牵挂我，急得忙折下沉甸甸的一条条果枝，弯着腰，蹲下身递给树下的我，自己再吃。

现在，弟弟因公去世，离开我们已五年了，每当回忆起这些愉悦，但也有痛、揪心的事，又仿佛回到了童年。

天有不测风云。20 世纪 80 年代初，樱桃树惨遭劫难。因为，樱桃树是种植菌类的上好木材，一棵棵樱桃树被砍，锯成一截一截，掩埋在种天麻的窖槽里，或种上香菇。眨眼，不到两三年，满山川的棵棵樱桃树成为村民发家致富刀斧之下的冤魂。

如今，党的政策号召"退耕还林"，随着环境保护，各地大搞旅游，脱贫致富，故乡漫山遍野又焕发了生机。忽如一夜春风来，各种果树遍布山野。

春节回家过年，我又看到了一片樱桃树林，不禁一阵狂喜，渐行渐远的家乡樱桃树又将恢复往日的神采，在这山寒水瘦的时节，樱桃花又俏丽枝头，春意盎然，春光满野，我真是太开心了！

樱桃红了

周六一早，我们几人应邀一起到月亮湾山后的梁子平摘樱桃。天刚微微亮，我们便出发了。伴着晨风，呼吸着清新甜润的空气，听鸟雀兴奋地欢唱，我们爽朗的说笑声也洒落在了崎岖蜿蜒的山路上，让艰难的出行显得容易多了，很快就到了山顶。哇！好大一片樱桃园，棵棵樱桃树枝繁叶茂，果实晶莹剔透，红润鲜亮，挨挨挤挤，犹如玛瑙珍珠般可人、心醉。

樱桃园的主人早已在此等候，大叔满脸堆着笑问候我们一路的劳顿，大婶笑眯眯地招呼我们吃樱桃。我们迫不及待地摘下一大把樱桃，用大叔挑的山泉水洗洗就往嘴里送，哇！吃一颗，那酸酸甜甜的味道好鲜、好纯正！毛毛还嫌不够解馋，抓一把塞在嘴里，不住地说："哇，太够味了！好吃！好吃！"同来的小米妈妈吃完一把，咂咂嘴巴说："酸甜可口的樱桃，真的太好吃了！"大婶笑着对我们说："吃吧！今天想吃多少就吃多少，不要钱！"其实，我们吃不了多少，因为牙齿早已悄悄地被它酸倒了。此刻，我看着眼前的樱桃，又想起童年偷摘樱桃的那一幕，想到那个我们曾给她起绰号为"母老虎"的大婶。

记得邻居屋后的那四棵樱桃树，每年都结出又大又红的樱桃，我和村里几个孩子每天放学经过此地，个个馋鬼都忍不住要摘树上的樱桃。几年来，每次都少不了惊心动魄地和邻居战斗。记得那一年，樱桃熟得非常好，晶莹剔透，看一眼都让人馋涎欲滴。几个胆大的男孩商量好放学后去偷樱桃，让我和胆小的小英放哨。放学的哨音刚一吹响，男孩们便如出笼的小鸟一样欢呼着，挎着早准备好的布兜，悄悄地来到樱桃树下，奋不顾身地将罩在树下的狼牙刺一根根小心翼翼地拉开，腾空弹跳，手脚并用，三下两下就爬到树上，然而总是在他们摘到一半的时候，邻家那位如同地狱使者般的大婶就向我们冲来，孩子们给她起了个外号叫"母老虎"。她总是说，"你们这些坏娃崽又来偷摘我的樱桃了"。我们总是分开逃跑，让"母老虎"不知道该追哪个。

第二年的这个季节，"母老虎"在樱桃树下养了一只狼狗，只要我们一过去，那只狼狗就"汪汪"直叫。于是，我们每天上学都给那条狼狗送些吃的，骨头呀，馍馍什么的，狼狗和我们也熟络了，见到我们不再汪汪地叫了。从此，它便出卖了主人，男孩们就继续偷摘樱桃，等"母老虎"出来的时候，见狼狗不见了，樱桃也稀少了，这回她可气惨了，跑去给我们几个孩子的家长告状，大家都被爸爸妈妈痛打一顿。那时，大伙都痛恨"母老虎"，几个男孩气得咬牙切齿。

可是，就在一次下雨天，我们几个孩子放学归来，在过大河时小英不慎滚到河里，眼看就要被洪水冲走。在我们都惊慌失措时，"母老虎"赶来了，她二话没说，飞快脱掉外衣，猛地跳下水去，救了小英，然而她却没再上来。等全村的乡亲们都赶来，顺着河边找，打捞上来的竟是她的尸体，遗体就停在村里的大仓库。洁白的灵堂，洁白的花圈，她胸膛盖着一面鲜红的党旗，那镰刀锤子仿佛在大婶的胸前熠熠生辉。听我爹说她是先进共产党员，全村老少没有不为她的离去而痛哭流泪的，追悼会场一片哭声，被她救了的小英由她的爹妈带着跪在灵前。因为大婶是个寡妇，小英应该为她守灵尽孝。我们几个孩子此时都放声大哭，痛恨自己之前的行为。多么好的大婶儿呀！此刻，我们多么希望她能再睁开眼睛看看我们，多么想去给她认个错，表达一下之前偷摘樱桃的愧疚，告诉她再也不叫她的绰号了，多么希望大婶能再睁开眼睛，在樱桃树下骂我们呀！可是，这一切都不可能了，大婶她永远地走了，永远地离开我们了……

　　掐指算来，我已离开村子三十年了，每年樱桃红了，我们几个曾经的小屁孩都会抽空回去给大婶点一炷香，烧些纸钱，表示哀悼。现在全村的孩子都能尝到大婶家樱桃树上结得又大又红、酸甜可口的樱桃。然而却没有了大婶，也再没有那惊心动魄的一幕幕了！

　　樱桃红了，大婶在我们心中的形象也越来越高大……

（此文于 2018 年 5 月 15 日发表于西岳《西安日报》副刊）

榆钱儿树

　　一个偶然的机会，我吃上了一口今天难得的时令绿色食品——榆钱饭，瞅着小小碗里的榆钱饭，唤醒了我对榆钱树深情的记忆。

　　20世纪六七十年代，常有粮食不足的年份，每到来年二三月，甚至本年冬末，就有人家中断粮，尤其是偏远的大山乡下。但山区也有山区的特点，植被品种多，不乏可食野菜。春天一到，植被陆续发芽，充饥的野菜也就有了。靠山吃山，大家倾巢出动，去地里或山上挖野菜，如小根蒜、山韭菜、荠荠菜、香椿、野竹笋、婆婆丁等。只要能吃，都挖回来，新小麦没有收获之前，这些野菜就是那个年代里最让人期待的果腹之物。这一时期，挖野菜也成了村民的主要任务。

　　那时候，人和人见面，总是问"吃了吗？"可见，吃饭在人们心中的重要程度。若是回答"吃了"，或声音里带着饱嗝声，那日子过得还是挺像样的；若是回答的气息里还有肉味，那简直是不得了，这家人一定过着天堂般的日子。

　　青黄不接的交口，有一种可食的上佳翅果——榆钱。榆钱别名榆实、

068

榆子、榆仁、榆荚仁、榆菜等。榆钱是榆钱树的种子，因为它酷似古代串起来的麻钱儿，所以人们称之为榆钱。榆钱自古以来就是人们的盘中餐，特别是在没有粮食吃的时候，嫩嫩的榆钱儿拯救了很多人于饥饿之中。又因榆钱与"余钱"谐音，人们就在房前屋后，种植榆钱树，也有图吉利，讨好"彩头"的意思。新生出来的榆钱儿脆甜绵软，清香爽口。

记忆中，我的故乡就有很多榆钱树，到了这个时候，村子的周围及田间地头，榆钱就竞相开放，一嘟噜，一嘟噜，碧绿碧绿的，油亮油亮，嫩绿诱人，它淡淡的清香也引来蝴蝶、蜜蜂。折下一枝，捋一大把榆钱儿直接送到嘴里，清香沁人。有的榆钱树细高，人们就用铁丝钩钩下榆树枝，采摘榆钱，也有的榆钱树很高很粗，需要爬上去才能采摘到，这个难不住乡下的孩子，爬山上树是他们的基本技能，现在正是用武之地，一个或几个小男孩爬到树上，骑在树杈，折断榆树枝，扔到地上，更多的小孩在下面捡起榆树枝，摘取榆钱放入篮子，拿回家去。

摘满一篮子的榆钱儿，一顿饭就有了着落。母亲总能变着花样，把榆钱做成多种好吃的食品，让我们吃到松软可口的榆钱饭，尝到了不同的榆钱饭香。

母亲先把榆钱儿在锅里漂洗干净，再捞上来，挤出水分，按照玉米面一份，白面一份，榆钱儿八份的比例，搅和在一起，装在笼屉里蒸，二十分钟左右就闻到一股馨香。母亲说："榆钱麦饭蒸熟了。"她在榆钱麦饭中加入切碎的葱、蒜、红辣椒丝、盐、花椒面等佐料爆炒好，盛入菜盘中。吃一口榆钱麦饭，细腻、清香、爽口、甜润。

母亲还把榆钱做成榆钱疙瘩，也叫榆钱馒头。她将新鲜的榆钱儿洗净，和玉米面揉在一起，做成如疙瘩状，像干粮一样，吃了耐饿，还可以出外携带，方便食用。

母亲常说，榆钱儿饭是穷苦人的救命粮、救命饭。的确，对庄稼人来说，榆钱饭是粮食不足时，人们果腹充饥的上好替代品。

今天的人们，不再为缺粮冻馁忧心，榆钱饭已经变成了餐桌上的绿色佳肴，甚至稀缺物，平时，谁若能吃上一顿榆钱饭已经是奢侈了。社会在发展，生活在改善，家乡的榆钱树还在成长，它仍然保持着它的清香爽口的美味，我怀念榆钱儿美食，感恩老家的榆钱儿树！

（2019 年 4 月 11 日发表在苏里南《中华日报》）

公孙树

我家门前有一棵高大的树，修长的枝干，扇子一样的叶儿金黄金黄的。小时候母亲曾告诉我，它叫白果树，也叫银杏树。外公说，它也叫公孙树。

"为什么叫它白果树，又叫它公孙树？"我和妹妹疑惑地问。

外公说："白果树要一百年才会结白果，一般是爷爷种树，孙子享受。"

"哦，我明白了！比如你种的白果树，我就可以吃上白果了！"我说。

"不过，还得几十年！"外公微笑着点点头。

那得等多少年呢？我有些失望。

仲春时节，叶的点点新绿冲破了树皮的束缚，银杏树顿时披上了新装，远远看去，犹如一位穿了淡绿色春季装害羞的小姑娘，用一簇簇嫩叶向世界倾吐着新生的愉快。一座"青峰"直插云天，它逗地脚旁的竹子都抬头仰望，想一探树顶的庐山真面目。仰望时，刺眼的金光洒在翠绿的叶子上，看上去十分舒服，自然。当微风轻轻地拂过树梢时，一把把扇形的银杏叶面带微笑，轻轻地挥挥手，向风打招呼，问好。

长大后，我去外地工作，并成了家。整天忙工作，带孩子，加之父母仙逝，自己身体也不好，所以也就很少回老家，即使回去给父母上坟也是来去匆匆，没有留意那棵白果树的境况。我以为自己再也吃不到我家的白果了。

没想到，八年前的一个深秋，我竟然吃到了自己家的白果！是二哥从老家捎来的。二哥说："咱家的那棵白果树不仅长大了，得两个小孩手拉手才能抱住，而且还结果实了。"我好高兴啊！算了算，从外公栽种白果树的时间到现在也没有一百年。原来外公说它一百年结果是有点夸张，其实，老人那样说是想告诉后人白果树的稀有，它无比珍贵。

据二哥说，老家独长的白果树结果的理由是，它与杨家山那棵雄性白果树遥遥相望，靠风传播花粉，才使它终于结果了。那天，我很开心，还特地做了好几种白果美食，请来城里的姊妹及朋友一起分享白果的甘甜、清香和快乐。

从那以后，二哥每年都打好几百斤白果，能卖几千块钱呢！现在好多人都想靠白果树发家致富，二哥和村里的其他人又种了些新品种白果树苗木，据说十几年内它们就会结果实的。

今年寒假里，我回老家住了一段时间。每天都看见我家那高大的白果树，吃着二嫂做的白果粥和白果炖猪蹄的家乡饭。要是生了火，我们几个像孩子似的煮一罐炒茶，烧一火塘白果，边吃那香喷喷、柔柔的白果，边喝炒茶，那感觉真像神仙般，飘飘欲仙！

"沙沙沙……"那是老家院子边的那棵白果树，在春天的微风里轻轻地唱着歌。它一年四季老是这样，它应该累了，该歇一会儿了。春天，它演奏着嫩绿的歌；夏天，它演奏着浓绿的歌；秋天，它演奏着阳光的歌，歌里伴着树叶飘落的叹息；歌声减弱了，没有了，我透过树枝看到极其美丽的色彩——它黄灿灿的，黄得透明，黄得发亮。透过那纯净的黄色，我看见了它映出的蓝天白云，听到了北风暴打它的声音。初春，好不容易长出了幼芽，却还是没有雅致的歌声。我想，它大概冬天可以歇一小会儿了吧。毕竟，它真的太累了。它总是长叶唱歌，也真够累的，累得腰都不怎么直了。它长叶，是作为一株树的使命；它唱歌，是为了给人们快乐。

看啊，它身上的条纹多像老人额前的皱纹，如果拧在一块儿也许会成菊花状了。有时，我会帮它扯下树干上多余的枝条，它却只花了半个月的时间又长了出来，只不过伤口上又多一只美丽的大眼睛眨呀眨，好像向我传达着一种意思：我不会丢掉同伴的。

以前，听老人们说，银杏叶可以卖钱，我还半信半疑的。今年，还真有人千里迢迢地开车来村里买银杏叶，说这叶子很神奇，可以治病。一想到银杏树叶能治病，我的脑海里马上浮现出上次看到的场景：从远处开来一辆救护车，下来几位医护人员，他们摘下几片银杏叶，捡起掉在地上的落叶，如获至宝地送往医院。听说，医生用银杏叶来制成银杏茶，给那些病人喝，就救了一条性命。资料显示：银杏的果仁，含有蛋白质、脂肪等许多人类所需要的营养成分，是一种绿色保健的食品。入药，有润肺、止咳等作用。用它的叶子能制造出杀虫剂和治疗心血管疾病的药，还能助于睡眠。银杏树可供观赏，许多地方用它来美化街道和公园。它的木质优良，是建筑、雕刻、做家具的上等木材……

真没想到，这银杏树这么"宝贵"呀！

白果树，我爱你的郁郁葱葱，生机勃勃，更爱你那坚强不屈，乐观豁达，无私奉献的精神！

岁岁年年柿子红

"秋祭"是我国传统的祭祀节日，每当此时，老家的柿子就熟了。去年"寒衣节"后，二哥从老家捎来一篮柿子。柿子晶莹透亮，柔软得像灌了汤，轻轻一挤，就破了皮，溢出红润润的肉汁，甜香诱人，吮吸一口，甜津津在心头蔓延滋长。

二哥捎来的柿子不只是最红、最甜、最香的，还有那尘封已久的童年的记忆和那浓浓的柿乡情！

打开深秋的扉页，阅读着童年的岁月。

家乡的柿子树，满山遍野，是山村田园的一种壮观、一道亮丽的风景。它们无论是长在秦岭的半山腰上、田埂边，还是植根于山石缝隙间，都能无畏恶劣环境，顽强地生长。一棵柿子树的生长到挂果，要近十年左右的缓慢过程，会历经风霜雨雪，但它们和大山一起，守候着岁月的沧桑与幽远，见证了时代的变迁。

春天，柿子树发青，长出嫩绿的叶儿。初夏，满树乒乓球大小的柿子，绿莹莹的，煞是可爱。

金秋十月，柿子成熟了。手掌大的树叶，历经一场霜降之后，绿色已经褪去，柿叶、柿子甚至柿蒂，都是通红的，这种红，可以说是火红。柿叶之红，完全赛过任何红叶，掉落的柿叶犹如给大地铺上一层火红的地毯，柿叶洒落在麦田里，真像给绿床单上绣上了大小不一的红花，色彩分明。

一场霜雨后，柿树叶一夜间全部掉落，碾碎成泥，山川一派肃穆萧条，枯黄满眼，只有刚刚发芽，伸出土壤，稀松柔弱的麦苗带来一些生机。这个时候，还有一种生机盎然的果树，是火红的柿子树。

瞧，光秃秃的枝丫，只留下满树的柿子，像一盏盏红红的灯笼，又像铃铛，随着风儿轻轻地摇曳。满树的柿子，你挤我碰，相互簇拥，相互鼓励，不怕孤独，不惧寒霜，尽情地张扬它的火红，炫耀美丽。被太阳一照，柿子那羞涩的脸蛋更加红润，光亮照人；清晨的露珠凝结在柿子上，在阳光照耀下闪闪发光，那种晶莹剔透的美真让人垂涎欲滴。柿子的清香随风肆意飘散，马蜂寻着果味飞来嗡嗡地歌唱。小鸟也飞来站在树枝上高兴地呼朋引伴啄食甜汁。松鼠、獾也来了，甚至与黑夜一起来觅取食物的，柿子林就成了它们聚会的地方，成了它们的乐园。

这时，二哥总是背着背篓，提着篮子，我拿着长长的竹夹竿一起去夹柿子。我们的小手冻得通红，可是，我和二哥不怕寒冷，他依然骑在高高的树杈上一个一个地夹着柿子，我在树下不停地接着……

因为，这是家乡一年中的最后一个收获，是最为甜润的收获，是最为火红的收获。

柿子可吃软的汁液，也可做成浆柿子吃，还可以制作成柿饼。它不但香甜可口，营养丰富，含有多种糖分、维生素及微量元素，而且有很高的药用价值。如有人打嗝，取五六个柿蒂泡水喝，很快就能止嗝。它还有清热润燥、化痰止咳的疗效，是慢性支气管炎病人非常适合的保健水果之一。

感恩家乡先辈的勤劳、智慧、远见，用勤劳的双手植柿树与山丘沟壑，代代相传，才给我们留下了独立寒秋的烈烈红艳，留下了一年四季最后一种甜蜜硕果！

火红的柿子树，是家乡父老勤劳质朴的品质；那烈烈的柿子红，寄托着浓浓的家乡情！

春风柳笛唤春归

　　三月，春雷细雨如春天的号角，唤醒了大地的沉默，一个个蛰伏的小动物探头探脑在门槛试探春的浓淡。我在春的路口等待着春桃始花，期盼着姹紫嫣红，莺歌燕舞，也等待着黄鹂鸣翠柳，柳笛声声，春意浓浓的迷人胜景。

　　"春风一拂千山绿，南燕双归万户春。"春天终于来了！听，鸟儿在树枝呼朋引伴，欢呼雀跃。一缕缕和煦的风儿抚摸在脸上，轻轻柔柔的，心儿暖暖的。蓦然回首却发现，河边、黄土塬上的田地塄坎边，金黄色的迎春花，一簇簇，一团团，繁星点点，悄然绽放。春风，它撕破了浅灰色层层包裹的严冬，让山峦沟壑枯木返青。远眺，田间麦地，嫩绿的麦苗，它们的小脑袋在微风吹拂下轻轻摇曳，犹如一片绿色的海洋，呈现出一片生机盎然。我爱怜地用手去抚摸小苗，一股青草夹带着泥土的芳香扑面而来，沁入我的肺腑，让我如痴如醉。

　　春风，它像一只深情的大手抚摸着山谷，山谷鸟声清脆；抚过田园，一树树梅花绽放出一片姹紫嫣红。桃花开了，田间果园，一片嫣红，"桃之夭夭"，一树树粉红的桃花加上翩跹的蜂蝶，渲染出一派诗情画意；它抚摸过少女的心间，悸动的心弦弹奏一曲春天绚丽的赞歌。难怪有人说"三月的春风是彩色的"。

　　我信步来到小河边，站在一棵萌发的柳树下。枝条上不知什么时候冒出了一个个米粒般大小的嫩绿嫩绿的新芽儿，犹如一个个刚出生的小宝宝眨着一双小眼睛，惊奇地窥视着这个陌生的世界。风吹着枝条飘荡在水面上，柳条变得很柔软，仿佛一位婀娜多姿的少女在梳理长发似的，怪不得诗人赞叹道："春色先以柳荫归""春风杨柳万千条"呢！小鸟从我头顶飞过，嘴里"唧唧"地叫着，黄鹂也唱着婉转的歌，我顺手折下一支柳条来，很熟练地做了一支柳笛，便急不可待地把它放在唇间，笛声和着鸟鸣在旷野中响起。我想用这笛声、这旋律唤醒春天，唤醒我一颗永远的童心。

　　往日，那个扎着羊角辫，扯着二哥衣角，哭着闹着要柳笛的小女孩，如今已年近半百。二哥那悠扬的柳笛声又响在耳畔，"二哥，我也要吹柳笛"。二哥把柳笛给了我，我放在嘴里怎么也吹不响，赌气扔在地上，还狠狠地把它踩烂，哭着找妈妈告状说："二哥坏！不给我能吹响的柳笛。"妈妈闻讯赶来，一边哄我，一边呵斥二哥，并责令他给我做个能吹得响的柳笛。看着二哥在一旁委屈地抹眼泪，我心里也有些愧疚，用小手怯怯地去拉二哥的衣襟。二哥一脸憋屈，眼角噙满泪珠，却什么也没说，拉着我的小手去了河边的柳树下。他扯下一根柳条，用小刀在一段光滑的柳条上划一圈刀缝，用石头反复轻砸，用手反复拧，最后，将拧动的柳树皮轻轻地抽了出来，有七寸多长，他从中间掐成两节，把一个端口压扁，用小刀再刮去端口半厘米的柳皮，再教我怎么吹，我学会了吹柳笛。他把另一小段给小妹带回家，也教她吹。村里的孩子们听到柳笛声，都欢呼雀跃地跟着二哥学会了吹柳笛。放学路上，洒下了一片欢笑和婉转悠扬的柳笛声。

往事如烟，如今母亲已不在世了，二哥也年过半百，但这些往事却永远留在了我记忆的长河。

（2019 年 3 月 18 日发表在《乐陵日报》副刊及《黄冈日报》副刊）

第二辑　匍匐攀缘

藤蔓，有一点泥土就能扎根，给一米阳光，它就长得枝繁叶茂，生机勃勃，枝繁叶茂。攀爬，是它的生存技能，能上能下，向左向右，穿篱越墙，攀岩上房，不占用更多的空间，努力成长。仰首绽放艳丽，生机了别人，灿烂了自己。

攀爬的藤蔓

　　生命中，总有一些青翠的藤蔓在心灵里缠缠绕绕，挥不去，也剪不断。这些藤蔓扎根于乡土，它们自然而朴实，一如我那敦厚的父老乡亲，朴实、乐观，它即使移植到钢筋混凝土的丛林，也难以剔除其清新雅致，百折不挠，催人奋进的本性。我喜欢藤蔓的性格、喜欢藤蔓为我们勾勒的动人画面……

　　春天，我来到村前的河边，几棵高大的柳树上缠绕着许多紫藤，甚至跨越到邻树，继续缠绕，形成藤架。漫步河堤，藤架留下了一片片阴凉，藤条被绿叶包裹，垂挂着一串串淡紫色的花，朵朵花儿竞相吐艳，宛如穿着高贵舞裙的少女在等待盛大舞会的开始，只待音乐响起。微风吹来，紫花翩翩舞起，空气中飘起淡淡的幽香，令人舒适，令人陶醉。一簇簇不知名的小红花簇拥着藤蔓上点缀的黄色小花，是少女的舞伴，或是忠实的粉丝。巨大的卵石，也被一种藤蔓缠绕，再伸向水里。那藤蔓的绿叶间，盛开着橘黄色的小喇叭花，清纯雅致，它们在波光粼粼的水面映照着，像欣赏着自己美丽的容颜。

夏天，夕阳斜下，我将牧归的牛儿关进牛棚，来到二娘家的小院，菜园的竹篱笆上长满了藤蔓，一树刺玫花匍匐在菜园另一边的青砖围墙上，刺藤上开满了白色、粉色、红色的花儿，朵朵竞相怒放，装点了一面藤蔓的花墙，散发着浓浓的诗画韵味，顿感小院蓬荜生辉。菜园边，碧绿的丝瓜藤蔓缠绕在竹架上，嫩嫩的，带着小毛绒的小丝瓜，顶着半开的或全开的黄色花朵，还有扁豆也开着紫红的花儿，随着藤蔓在风中摇曳。

秋天，二哥家地头的小树干上，绕上了牵牛花，像是用唢呐在吹奏一首动听的歌曲，带给人们欢乐。那些藤蔓随着扭曲的小树枝干匍匐着，延伸、再延伸、伸向树顶，大有喧宾夺主之意。一朵朵五颜六色的小喇叭花的喇叭口直面天空，吹奏着婉转悠扬的乐曲。

宁静的田园，生机勃勃，我喜欢带着玩伴们坐在篱笆旁的藤架下面读书、学习、游戏。

藤蔓不择地势，乐观，随遇而安。它不管环境恶劣与否，能四季生长，可以缠绕在古树的枝干上，攀爬在墙边或是屋檐，匍匐在池塘水边，用柔弱的躯体装点其他物体，成为墙的披风，篱笆小院的装饰，溪水的欢歌，枯树的新生。它不惧烈日，不畏严寒，如此顽强地向上，继续着它的生命。

我喜欢藤蔓的朴实，它们从不独自炫耀，能将自己的美融入群体。我欣赏它们这种你中有我，我中有你，缠缠绕绕，抱伙成团，努力攀爬，积极向上的执着精神；更敬佩它们众志成城，倾其所能，用集体的身躯为路人编织一片鲜艳美丽的绿荫，既供人们观赏，又遮阳挡雨，其无私奉献的精神值得赞赏。

轻风婆娑豌豆花

自从我被调入新的学校教书，每天上班必经过一块空地。我们放学后，有时会去空地采灰灰菜、苦苦菜、蒲公英。后来，地的主人在空地里种了点豌豆。一天早晨走过，发现豌豆秧开花了：洁白、粉红、榴红、大红、蓝、堇紫色及深褐色，满地都是。豌豆秧那姹紫嫣红的花朵，撩拨得我云翔天外，思绪万千，诗意盎然，我不禁吟诵："淡雅纷繁雪蕊花，青藤陌上笼轻纱。不同桃李争娇艳，墨守清规百姓家。"面对着朵朵绽放的豌豆花，我不得不表达我庄严的敬仰之情：豌豆，你曾是我全村人的救命稻草。

豌豆既是粮食作物，也是经济作物。在今天，人们大多都把它当作餐桌上的一道菜肴。可是，在那贫穷困难的岁月里，它曾是贫苦人家填饱饥肠的主食。记得二十世纪七十年代初，玉米、麦子缺贵，到了开年，家家"青黄不接"，人们没粮下锅，只好找野菜掺和着豌豆面做食物充饥。

那年换届，年轻的新支书走马上任，让各个生产队都从外地引种了豌豆。我们队一下子种了好几十亩,村西地界全种了豌豆。当了多年队长的李伯想不通,去问新队长:"为啥要种这么多豌豆?麦种少了咋办?"队长说:"麦子少吃点,豌豆也是粮食,也能吃!"但在那时候,大家还不认识豌豆这个新作物,没谁把豌豆当粮食看:甜丝丝,怎么吃嘛?喂牲口还差不多……言语间有不少怨气。

豌豆苗并不在意人们的抱怨,更不怕渐渐变凉的天气,跟着麦苗前后长出新苗来,绿莹莹的,也很可爱。只是过了霜降后,豌豆苗忽然蔫头耷脑,叶子颜色也变暗了,无精打采的。可麦苗还是绿油油的,长得快覆盖地垄了。尤其是村西的豌豆地紧挨路,路过的牛羊时不时跑进豌豆地里啃食几口,豌豆苗就更显得稀稀拉拉的。后来,队长就派人守着,这才算好一点。谁料,过年后,天气渐暖,豌豆苗像复苏了似的,抖抖精神,全换了绿装,连原先空白的地方,都被绿绿的豌豆苗填满了。豌豆苗,叶小茎细,风一吹,便婆娑起舞,很是美得可爱。

谁曾想,这羸弱的新鲜物如此的顽强,它经历了风欺雪压,承受的磨难不比那些高大的树木少,却也隐忍着度过了漫漫严冬。青青芳草,迎风婆娑起舞,它带给人们的不只是美景,还应该有感动,有思考。

清明过后,豌豆秧跟我们七八岁娃娃一般高,青绿满眼。一天,放学路上,我们惊喜地发现豌豆秧开花了!密密的绿叶丛中,星星点点的豌豆花闪闪烁烁,像孩子捉迷藏似的。三五天之后,豌豆花多起来,红的、紫的、蓝的、白的、粉的,五颜六色,分外好看。豌豆花的花色多样,除了有单色的,也有双色的,还有斑点的,它与桃花、杏花、梨花的花形也不相同,它们的花形圆满匀称。豌豆花,前凸后翘,前面两片扁桃形的深色花瓣,半开半合,其后有两片浅色花瓣,像蝶翅一样缓缓展开,浅色花瓣远大于前端的深色花瓣,恰似一道美丽的屏障,将前面花心儿庇护起来。一场花事招引的前村后屯的人都来观赏,一朵豌豆花就好比一只展翅欲飞的蝴蝶。一大片豌豆地里有数不清的各色蝴蝶在飞舞，这从未出现过的美景，把村庄照亮了，也把人们的心照亮了。

妹妹细心，她观察到，豌豆花还有许多特点。如果前面的小花瓣是胭脂红色，后面的大花瓣就是粉白色；如果前小花瓣是宝石蓝色，那后大花瓣就为白色；如果前小花瓣是葡萄紫色，那后面大花瓣就是灰蓝色；如果小花瓣是纯白色，那后面的大花瓣也是纯白色。我为妹妹的细心惊叹不已。它们的色彩搭配，既对比强烈，又浑然相融，叫人看了觉得很美、很舒服，没有哪种花比豌豆花的配色更精美的了。

豌豆花谢后结荚，不等豆荚成熟，就有人偷摘。赶集路过，顺手撸几把豆荚，一边走，一边剥着吃，豌豆皮扔一路。有大胆的，半夜三更，背筐挎篮到地里偷豌豆，拿回家煮了吃。队长敲钟集会，开了几次会都没用。后来，因梁山庄一位妇女和丈夫吵嘴，夜里寻短见，淹死在豌豆地边的水渠里，村里人害怕了，晚上不敢出门，至此，再也没人敢去偷豌豆了，这块豌豆才算保住了。

那一年，豌豆丰收，人们没有饿肚子。生产队里除了留下牲口的饲料，剩余的都分到了各家各户。人们把豌豆和黄豆、红芋片儿掺在一起磨面，掺和野菜蒸馍，擀面条，都不难吃。也有用豌豆做豆酱的，吃起来比一般的豆瓣酱还要有风味。豌豆粥甜丝丝的，豌豆年糕不比绿豆糕差。二月二炒蝎子爪，把豌豆泡在椒盐水里，炒出来的豌豆比黄豆还好吃！

虽然，我离开村子来城里读书、工作，快三十年了。没想到，时过多年，我的梦里仍然时时萦绕着那片风舞婆娑的豌豆花。因为，我喜欢豌豆，它不仅让我们度过了食不果腹、饥肠辘辘的日子，还教给我们在逆境中如何像豌豆苗一样隐忍坚强，让我们不畏恶劣环境，做一个不屈不挠的人。

秋风荡漾扁豆花

重阳节前，我又回到故乡看望母亲大人。

进门便喊："妈——妈——我回来了！"却不见母亲的回应。

母亲一定是在她的菜园吧。我走了过去，菜园里仍不见母亲，但却被菜园边上爬满篱笆的扁豆花吸引住了。扁豆藤蔓如孩子的小手在寒风吹拂下抓挠着篱笆，你扶着我，我拥着你，缠缠绕绕地生长着，爬满了菜园的篱笆墙，攀上了地边的小树，又继续向前，跃上了近处的电线杆，直接爬了上去，接到屋舍；有趣的是它还随电线杆上的电线横穿人行道上空，并搭起了一顶碧绿的天棚，像是一座凯旋门。门上开满了扁豆花，一簇簇，一撮撮，迎来送往下面的行人。在扁豆茂密的绿叶丛里，一串串紫色的扁豆花跳了出来，小小的，油光油光，紫亮紫亮，鲜艳活泼，一对对儿，蝶翅儿般。风吹过来，一漾一漾，扁豆花似无数的蝴蝶在叶丛中翩翩飞舞，串串扁豆像是银铃，垂挂满枝。

正在我凝神静气赏花时，母亲从邻居家出来，我迎上前去，她笑盈盈地告诉我，她去给邻家婆婆送了一竹篮扁豆。

母亲又走进菜园，继续采摘扁豆，我也一同帮着摘取。摘完扁豆回家，母亲戴上老花镜坐在院子的篱笆边缝补一件旧衣服，我也坐下来帮她择扁豆。围绕身边的还有一只摇着尾巴的小黑狗，三只昂首阔步的大白鹅。母亲总是微笑着，一脸的宁静和慈祥，这就是我的老母亲！

在乡下，扁豆总是陪伴着人们的生活，房前屋后，篱笆旁和树下，总有它们在站岗护院。初夏，撒几粒扁豆籽儿下地，到了秋天，就有一大架白的紫的扁豆花，一架鲜绿的淡紫的扁豆。此时，菜园的豇豆、茄子、豆角、丝瓜，各种蔬菜也都罢茬了，扁豆成了人们的主菜，直到入冬。记忆中，扁豆成熟的季节，母亲总是一手端一只小筐，站在木凳上，把那高高藤蔓上薄薄的弯弯的扁豆角儿摘下，把品相上好的送一些给村里五保户杨奶奶和蒋叔叔，再把一些背到集市上卖掉，换成钱，也是家庭收入。剩下的，才挑拣出来，去筋洗净切丝，加葱花、蒜末爆炒，即是我们的佳肴美味。

眼前，我仿佛又回到多年前。母亲做这些的时候，我也踩着小凳子跟着母亲，但主要是采摘扁豆花装在衣兜。回家后用线把一个个扁豆花串接起来，然后，将一串串像小风铃一样的扁豆花挂在床头，挂在门楣或墙上，以装扮房间，或挂在脖子上当项链。此情此景，如梦如幻。我喜欢扁豆和扁豆花，它珍藏了温暖、熟稔又亲切的美味，变成了我今生最美的记忆。

扁豆本身就是一种暖老温贫的菜，能给寻常百姓果腹添彩，也能慰藉寒士如盲风晦雨中的清苦。

"一庭春雨飘儿菜，满架秋风扁豆花。"听父亲说："这是诗、书、画集三绝于一身的郑板桥，落难至江苏一个叫安丰的小镇时，冬食瓢儿菜，秋吃紫扁豆。面对西风渐紧萧萧而来之时，如竹坚韧清瘦的他，独立院中，看着那满架的扁豆花儿开得正欢，长空中，一群大雁掠过，排成'一'字或'人'字，雁阵成序，声声鸣寒，仿佛紧擦着豆花掠过，但花儿不惊不惧，自开自谢，似乎在说，小小的扁豆花儿尚不惧秋寒，我一个有竹石筋骨的人，那又有何惧哉！诗从心来，即提笔撰写此联贴于厢房门上。"我被郑板桥先生那从容面对逆境，以苦为甜，豁达乐观的心境所感染。上小学五年级时，寄宿在公社学校，那时的学校宿舍、食堂都简陋，条件差，环境不比今天好，许多同学忍受不了，便弃学回家，我却坚持了下来，正是郑板桥先生的这副对联激励了我。

听老师讲："中国当代作家、散文家、戏剧家、京派作家的代表人物，被誉为'抒情的人道主义者'中国最后一个纯粹的文人，中国最后一个士大夫汪曾祺老人，在文革期间，也常以扁豆花为题材吟诗、作画。书中介绍，当年他被迫住进拥挤潮湿的大杂院，屋内外皆是霉斑点点，但一向淡定的他不气馁、不抱怨，把小屋收拾得干净整洁，还在一口破缸里种上扁豆。当扁豆花次第开放，他就在扁豆花下作画，他的画里，花似人，人如花。他还将扁豆做成许多花样的美食，如凉拌，清炒，还用它蒸面。"我钦佩他那种在任何环境都泰然处之，随遇而安的豁达。听着听着，我仿佛看见一位瘦弱憔悴，花白头发，戴着蓝布护袖的中年男子，坐在院子的木凳上掐着扁豆，然后再认认真真、一丝不苟地濯洗，最后在炉子上慢慢地烹炒扁豆菜。许多年来，这个情景时时闪现在我的脑海中，不得不让我钦佩汪曾祺老先生，他太了不起了，既能文，又懂得耕作与生活。

一盘看似极平凡的扁豆菜里，却包含着先生身披风霜雨雪的淡定，隐含着他阅透光阴的从容，凝聚着他遇事的不悲切不喜极。而当时，那个大杂院里，忙于衣食的人们，谁还能懂得这盘扁豆菜的五味杂陈？谁又曾知道他就是当代中国文学史上有名的作家、散文家和戏剧家，有着卓尔不凡、喷薄欲出的满腹才华呢？

晚风拂来，我站在母亲菜园扁豆架下思绪万千。平日，远离这方宁静，若有空闲，就常回家看看老人吧！其实，暂且离开一下喧闹，听风卷黄叶，看花开花落，陪陪父母亲，真的感觉是一种幸福！

牵牛花

秋风徐来，天气渐凉，我又想起了美丽的牵牛花。

周末早上，我刚起床推开窗户，一眼就看见操场上有许多人在晨练，也"噔噔噔"跑下楼去活动筋骨。忽然，我惊喜地发现，河堤下，李老伯伯菜园的篱笆上爬满了五颜六色的牵牛花。微风中，近闻，略有淡淡清香，这香气一下浸染了我的心房。

牵牛花好美啊！它们真像冬天里的小朋友，红扑扑的小脸上荡漾着纯真的笑靥。我不由得凑上前伸手轻轻地，再轻轻地摸一下那嫩嫩的花叶，就像抚摸小朋友柔软的秀发。它一点也不怯生，仰着脸亲昵地蹭着我的手。这一刻，它们的生命是那么的璀璨，那么的劲力，恰似一支喇叭乐队，都鼓着腮帮子使劲儿地吹呀吹呀，在秋凉的清晨释放着属于它们的美好青春舞曲。

这让我想起小时候，我家院子篱笆边那满盈盈的牵牛花。那时，我们都叫它喇叭花。姐姐长长的辫子上，时而插上几朵喇叭花，我和玩伴都觉得太漂亮了。因为我们还小，没有辫子，就将茅草拽下来编成麻花辫，用狗尾巴草紧紧地扎住戴在头上，再摘几朵喇叭花，卡在麻花辫上，走一步甩一下，感觉自己如喇叭花一样的美了。

于是，我迫不及待地让母亲也为我留了长头发，以后，那些年岁，常常摘来喇叭花戴在自己发辫上。

阵阵凉丝丝的晨风拂来，将我从回忆的沉醉中唤醒，我恋恋不舍地离开菜园边，去广场，寻找去年在那里看见的牵牛花。

依然如往常一样，广场放着舒缓的音乐。在乐曲声中，晨练的人们举手，踢腿，弯腰，舒展着肢体。朝阳冉冉升起，耀眼的阳光像金子般撒在人们身上，暖暖的。我轻轻抬头望去，发现操场旁石头护坡上也开满了一漾一漾的牵牛花，在晨光里显得更加有活力了。可是，太高，不能亲近。

记得小广场南边有一片草丛，那儿也曾开满牵牛花，而且还是蓝色的花儿。由于扩建，那片草丛不知什么时候被一堵绿色铁皮的"围墙"遮住了。

我过去，站在围墙边，没有搜寻到昔日牵牛花的踪影。失望的我，转身的一刹，却发现在围墙的一角竟有一根牵牛花的藤蔓从墙里探了出来，细细的藤蔓上还开着几朵幽蓝幽蓝的牵牛花，它们在朝阳里，仰望外面的世界。我除了惊喜，更多的是赞叹牵牛花这种不屈不挠，面临逆境也始终微笑，只要有一丝机会也要昂扬向上，尽力开出美丽的花儿！

午饭后，再经过河堤边，发现，早上那块菜园旁的篱笆上一朵朵气宇轩昂的牵牛花在强烈的阳光照耀下，突然就变得颔首低眉似羞涩起来，蝴蝶翅一样柔韧的花瓣，慢慢地合拢，合拢，它们仿佛睡着了似的，我想，它们或许是吹喇叭吹累了吧。

第二天一早，我又去锻炼，经过河堤菜园边，发现昨天下午悄然合拢的牵牛花又依然鼓起腮帮，昂首吹奏一曲激昂进取的生命之歌！

我不禁佩服起牵牛花来，只要心里永驻信念，就不忘初心，牢记使命，不停歇地攀爬，不屈不挠，敢于拼搏，这不正是当今社会所需要弘扬的精神吗？它们的使命是向上，向上，永远向上。瞧，为了驻足在心中的梦想，它们信念坚定，无论多高多坚实牢固的铜墙铁壁，无论多坎坷，布满荆棘的征程，都挡不住它们前进的步伐，看，它们努力跃出铁墙，一展风采，绽放自己灿烂的生命！

默默地，我的心里涌动起一曲赞歌：《牵牛花》

"牵牛花，你是一曲催人奋进的童谣，从纤细的藤蔓中歌唱。你唱的喜鹊造新房，你唱的蝴蝶翩翩舞，你唱的蜜蜂采蜜糖，你唱的农民耕地忙，你唱的人们在前进路上即使迎着风雨，也要前进。"

牵牛花，你是一支欢快的牧笛，领回暮归的耕牛。你那蜿蜒的青藤就是向上的希望，就是迎来霜降的召唤。那盛开的喇叭又是你头顶的凤冠，又是你向生活发出的欢呼和向往。藤蔓引领着花朵绽放，周围变幻莫测的环境造就了你蜿蜒曲折生存的模样，不管是匍匐前进，还是弹跳攀缘，你总是昂首挺胸，面向阳光。

牵牛花，你教给人们的是如何面对困境，战胜困难；如何用坚强去谱写出一曲曲最美的勤奋进取，不断努力的生命赞歌。

葡萄藤，葡萄蔓

城郊，各家农户房前屋后都种了许多的乔木和葡萄树。表叔家有个葡萄园，大约有两亩多地。近年来，他全靠卖葡萄发家致富，盖起了小楼房，生活得挺滋润。

夏天，一到周末，我都会来这儿散散步，看看表叔。每当我坐在表叔家这碧绿的天然凉棚下乘凉时，就会怀念起父亲，因为他在老家院子里也种了几棵葡萄树。

记忆中的夏天是繁忙的，拥挤的，甚至有些残酷。高大的乔木理所当然地占有了最好的空间。它们的树冠肆意地四处扩散，贪婪地吸收着阳光。很多弱小的没骨架的草本植物，则委身在大树下生存，长期得不到阳光雨露的滋润，只好自生自灭了。只有少数生命力强的小草，靠努力争夺树枝缝隙间施舍下来的阳光雨露，获得一丝生机。可葡萄藤蔓儿则不然，虽然它是柔软的，也没有实实在在的骨架，但它有着坚韧的意志，有着不屈的精神。葡萄藤蔓抱成一团，沿着甜蜜蜜的日子攀爬，朝甜蜜蜜的爱情出发。虽说每一段藤蔓上的叶子终归会零落成泥，但它也是为下一次的甜蜜和瑰丽所做的最饱满的伏笔。在成长的季节，它会顺搭好的架子一直奋力向上攀爬，一个劲儿向上、再向上，它一点也不在乎那些高高在上的乔木，它一步一步坚实而有力，它始终抬起高昂的头颅，无情的风雨再大，也乱不了它的身形。在高高的树冠上，葡萄的叶子笑了，因为，它回头看见一根从地面顺树干攀爬向上的长长的青藤，是它，护着它的"姐妹们"一路蜿蜒向上伸展。翠绿的裙裾挂满村庄的葡萄架，让每一根支架都缠绕绿色，绽放出生命的色彩，让无家的紫燕安然栖息在它的怀抱，它们嵌在墨绿的日子里恍若生活的音符，弹奏起平平仄仄的曲子。每一片手掌般的绿叶都有着青涩的梦想；每一段葡萄藤蔓都有着甜蜜的憧憬；每一朵娇艳的花蕾都孕育着幸福的向往。

秋天到了。瞧，葡萄一串一串紫莹莹、亮晶晶地挂在藤蔓下，像珍珠、像玛瑙，让人一看就馋涎欲滴，顿生爱慕之情。每当这时，我便回想起儿时我和村里小伙伴们在点缀着梦幻般光斑的葡萄架下捉迷藏、打弹珠、跳房子的情景……

夏天，葡萄刚长出的果实，外形酷似枸杞子，小小的、绿绿的，藏在叶子底下，我们都馋得天天问母亲，什么时候葡萄就熟了？盼呀盼，葡萄一点点变大，变成弹子球大小的绿豆豆。终于，我等不及，爬上木梯子摘一颗绿绿的葡萄豆儿塞进嘴里，酸酸的，还带着些涩味。母亲急忙抱下我说："小馋嘴，等到秋天，葡萄变黑的时候，就好吃了。"

又过了些日子，挨过盛夏酷暑，我终于看见天空蓝蓝的，纯净得没有一丝杂质，云朵静止着，好像贴在天空这块蓝布上一样，母亲说："秋天来了，葡萄熟了！"

"该收葡萄了！"我们几个姊妹高兴地叫喊着。

葡萄藤蔓看起来像是有些疲惫，黄黄的叶子随风摇摆。每每这时，乔木的枝条也不得不屈服，被一串串葡萄，硬生生地拉弯了——高高在上的乔木也有低头的时候。这时，葡萄藤蔓没有讥笑乔木，只是静静地把它的果实奉献给我们这些馋嘴的娃娃们。架上梯子，一个人上去摘，一群人在下面接着，有的还在旁边打打趣，葡萄就在孩子们的欢声笑语中，一串串放满一小篮，幸福也装得满满的。摘一颗似玛瑙般，仍挂着晶莹露珠的葡萄含入口中，感觉体内的唾液腺也被刺激了。当薄薄的葡萄皮被指尖划破，一股甘醇的汁水刺激着贪婪的味蕾，鲜美的葡萄汁总是能让人满嘴留香，哪怕你吃葡萄之前吃了苦药，它也能让你忘却苦涩。葡萄汁酸甜味美，吃一颗，让人沉浸其中，具有让人回味无穷、眷恋不舍的神奇魔力。而老人们用葡萄作原料酿成的葡萄酒，不但品质优良，而且独具风味。懂医术的父亲说："葡萄酒最突出的好处就是具有抗动脉硬化的作用、特别对治疗冠心病、缺血性心脏病及高血脂的效果也极好，还能抗氧化延缓衰老；另外，它含有丰富的维生素和钾、钙、镁、钠等十几种矿元素，具有特好的美容保健功效。"

我不禁赞叹：葡萄藤，葡萄蔓，你们相互拥抱着生长，你中有我，我中有你，都是一根藤蔓上的孩子，绿色的血脉紧紧相连，甜蜜的日子心心相印。葡萄藤，葡萄蔓，只要给你们一个牢固的支点，就能撑起一片蔚蓝的天空；只要给你们一片生长的土地，就能滋长出茂密美好的梦想。你们心手相牵，你们团结一致，甜蜜每刻浮躁的时光，清幽着我们每个疲惫的心灵。

紫藤架下

我喜欢如葡萄树、爬山虎、紫藤萝等这些藤本类植物，虽然它们根茎干枯，树皮皱皱巴巴，疑似枯竭，可是一阵春风，一缕春雨，它们偏偏又冒出新芽，让你不得不相信它的枯枝里蕴藏着无限的生命力！

中师母校的校园里有一架紫藤，春天，几棵紫藤树，伸展着柔软的身段，缠绕在混凝土和木桩搭起的花架上，给灰白的混凝土架仿佛注入一种不屈不挠的生命力。它浅紫的花儿，碧绿的叶子和葡萄架上几个沧桑虬枝的枯木桩形成对比，让人有枯木逢春之感。

四至五月间，那一大架紫藤开花了，且是开得最旺盛的时期，一团一团，重重叠叠的紫藤花，覆盖着花架，又垂下来，弯弯绕绕，感觉眼前仿佛是一个巨大的紫色瀑布。紫藤花的花蕾是深紫色的，看上去很丰满，花蕊是黄色的。花瓣则紫中带白，给人清雅之美！

大抵是见识狭小吧，当我第一眼见到这架紫藤时，不由得呆住了。从没见过这样有生命力的紫色花卉，头高尾低，深深浅浅的紫色形成一条巨大的瀑布，一泻而下，在阳光中，点点银光斑驳跳跃，似在欢笑，似在低吟浅唱，那样的明晃晃直刺双眼。一根根的树干紧紧缠绕着，灰褐色的枝蔓蜿蜒着，如龙形蛇步，一直延伸至密密的深处。

枝条柔劲地相互缠绕着，说不出的亲密，一种蓬勃向上的生命力热烈地跌宕开来，不是一点，而是成片成林地踊跃着。那些花，一朵朵，一串串，一脉脉相承，千朵百朵的花儿蒸成一片紫色的烟霞。每一个花穗上面都是盛开的花朵，浅淡一些，像一只只杯盏盛着芳香。待放的花蕾，洋溢着深紫的光泽，像鼓足风帆的小船整装待发。繁密的花序，如飞扬的流苏，又仿佛一串串摇曳的风铃，在起劲地唱着青春的歌。三三两两的粉蝶绕着花丛忙碌地追逐，让人分不清究竟是花在动，还是蝴蝶飞，只觉置身的校园满满生机。

是谁说的"蒙茸一架自成林，窈窕繁葩灼暮阴"？用在这里很是恰当！串串硕大的花穗挂在枝头，沉甸甸如熟透了的葡萄似的，压弯了枝条。密不透风的紫色之间，绿叶依稀，色泽鲜明，绚丽无比。蜜蜂在花朵上下左右不住地飞着，"嗡嗡"地叫着，它们是在采蜜吗？还是在舞蹈？或是在和花朵捉迷藏？

课余时间，我常常去那条走廊上静坐，看书。累了，就看看这一大架紫藤，春看繁花，夏躲荫凉，心情愉悦。晚秋落叶时，踩着黄叶，走在这里，"沙沙沙"，就像听到书声。冬天到了，雪压残枝，紫藤也不能幸免这场"劫难"，挂满了雪条儿，银球儿，又似挂着一件件小小的冰瀑，美不胜收，这又一番风情，让我沉湎其间。

毕业后，离开了学校，别了这一紫藤树。但时时想起，那一树繁花仍然像青春年华一样引人心醉。前些年，我住的院子有许多花花草草，但却没有紫藤。一日，父亲送来一棵一米多高的小紫藤树，树干有小碗粗，向左右刚劲地扭着，藤条缠缠绕绕，感觉是久别重逢的朋友，我一下子就兴奋起来。我和父亲愉快地把它栽植到小院靠水泥柱的一旁，用竹竿、木棍、铁丝搭接成一个结实的花架，等待它的长大。

几年后，这一大架紫藤枝繁叶茂，繁花似锦，洋洋洒洒的花瓣随着茎一直开到了地上，把活跃的生命力展现得淋漓尽致，像紫藤萝瀑布，又像一座紫色的宫殿。风儿一吹，缕缕芳香氤氲着小院，让我想起了老舍先生的"四座风香春几许，庭前十丈紫藤花"这句诗。我在紫藤树下教孩子们绘画，读儿歌，背诗词。紫藤树伴着我读书，伴着孩子们长大。

　　遇文友来访，便与他们在紫藤下一起品茗，且同吟赞美紫藤的诗词，如：明代刘泰的"几日不来亭子坐，东风开过紫藤花。"还有诗仙李白的"紫藤挂云木，花蔓宜阳春。密叶隐歌鸟，香风留美人。"瞧，这美丽的紫藤花，可真是热情，又邀我们与古代大诗人，一起畅游了诗的海洋。

　　紫藤树一年年长大起来，枝条向四下里寻找支撑点，尽力地想攀附一些什么，像葱茏的手臂伸展着。光阴似箭，孩子考上大学那一年的七、八月里，家中小院里这棵紫藤花已经开得异常繁茂旺盛，给本就温馨的小院更增色添彩。特别是它那年的花期长，延续到快九月开学的时间，椭圆形的叶子密密地挨挤着，重叠着，一派勃勃生机。依稀记得《花经》里说紫藤只有半月的花期，然而那年，紫藤花四、五月开了一遍，七八月又开了一遍，且每次开得接近奢侈，像是积蓄已久的热情终于奔放出来，显现出旺盛的生命力。来我家串门子的邻居、朋友，看到这一架茂盛的紫藤花，竟呼出："紫气东来！"邻居家郭大爷捋着白胡须说："紫藤的'藤'与'腾'是谐音，极尽腾云驾雾之势。老舍云，'四座风香春几许，庭前十丈紫藤花。'藤花多为紫色，泱泱满藤，故又有'紫气东来'之瑞意。"好一个'紫气东来'，借郭大爷美意，那年，我的儿子真的为我家挣足了面子，先考上了国家重点大学的研究生，三年后又上了名校的博士。

　　紫藤，植根在贫瘠的土地，却依然乐观地绽放着自己的美丽，毫不气馁，毫不退缩，用所有的力量鼓舞着自己的决心和自信，只为迎来欣欣向荣的那一片明艳，我家的紫藤伴我学习，也陪伴孩子成长。这样的藤体外表虽柔弱，而实则藤性刚强美丽的紫色花儿，我又怎能不喜欢呢？

那一季繁茂的葡萄

二十年前，我在小城的一个平房小院居住了一段时间。

这个平房小院住着六户人家，其中有一位退役老军人刘大爷，和一户工厂退休的高级工程师夫妇，他们三人白天常出现在院子里，算是"常住人员"，我因为行动不便，也属此列。其他人家皆为早出晚归的上班族，少见身影。退休工程师是典型的知识分子形象，给人的感觉清高，内敛，少言寡语，见人只是微微一笑。他的爱人热情大方，眼眉间可以看出年轻时候的端庄灵秀。一次，单位在端午节送来一桶油和一袋面，是她帮我拿进屋里的。

春天，小院不再萧条。迎春花悄悄地绽放，花枝招展，热热闹闹，如千丝万缕的金线，夺人眼球。葡萄架上萌发出了新芽，嫩嫩的，绿幽幽，蓝莹莹，一簇一簇，已经开始攻城略地打造自己的天地了。

春眠不觉晓。清晨，那些可爱的鸟雀，早早地在葡萄架上欢奔乱跳，"叽叽喳喳"叫个不停，惹得家里的八哥，也向院子里早起的人们打招呼："早上好！早上好！"黑嘴麻雀也来跟班"合唱"一通，院子里的人都被它们唤醒。我也不能落后，起来，坐在台前，铺开笔纸，乘着早春的诗意，写下一些细碎的文墨。

每天如此，似乎忘记了春的陪伴。一天，太阳照亮了我的窗户，拉开窗帘，洁白的梨花，绿色的葡萄藤蔓，在阳光的照耀下，斑斑驳驳，粼粼生辉，满眼春光，顿感豁然！

我一直喜欢坐在窗前，看书、写作。累了，就抬眼看看窗外的葡萄藤架，看看藤架上鸟儿的翅膀自由地起落，甚至，小心地走到葡萄架下，就近观察嫩绿嫩绿的葡萄藤蔓，用眼睛测量着它一天天的长度。

我乐意这样的幽静，刘大爷甚至把他的藤椅搬到这葡萄架下，让我在上面歇息着，我感谢刘大爷的关切。这样，我可以安静地在绿荫里坐一个上午，或构思文章，或回忆过去。

夏日到了，葡萄茂盛起来，葡萄架的空隙已经全然被嫩绿的藤蔓遮盖，成为绿色的大棚，绿茵茵，蓝幽幽，阳光都透射不下来，一地清凉。鸟儿已经把我看成它们的朋友，仍在上面跳跃、歌唱，啄噬了那些藤蔓和叶片上的害虫。

细雨飞来，我就在葡萄架下听雨，"窸窸窣窣"，声音直落心底，静谧而有节奏。

"你是蓝凌？"一声问，打断我沉思，反应过来是在问自己，抬眼一看，是个女中学生。

我点点头，反问："你怎知道我？"她说："我喜欢读你的作品，《那朵飘去的云》。"她说着，一双手在发梢上来回抚弄，她的长发很好看，黑亮黑亮。我于是慌忙说道："谢谢，随便写的，算不了什么。"

以后，她常来看我，见我在葡萄架下写作，便拿一把扇子，给我扇凉，又说她喜欢我写的那本书。遇到热心的读者，我就赠她一本《那朵飘去的云》，她连声："谢谢！"然后，她说我很坚强，就像生机勃勃的葡萄树，即使坎坷，但一直努力向上，发表了那么多作品。我发现她也是个潜在的文学人才。

这位学生成了我这一时期结识的又一个朋友，直到现在。

入伏后，天气一天热过一天，葡萄架上挂满了葡萄串。这一大架葡萄今年长势很好，一日三变，先是嫩绿，接着淡紫，最后深紫，鸟儿们也尝到了甜头。

葡萄成熟了，一簇簇，一串串，可爱极了。刘大爷忙乎了大半天，把葡萄采摘下来，分给了院里的人户，大家都十分感谢刘大爷的热情，小院一片祥和！

后来，我搬出小院，至今，已二十多年了，但每每想起，就特感激小院的人和那一大架繁茂的葡萄树。

青藤绿叶豆角花

在楼下河堤边，别人送我一块有两张双人床那么大的空地，将其翻深细耪，捡出小石块，罩上地膜，种点豆角。一场春雨，几天以后，豆角苗儿破土而出，把塑料地膜拱出了一个个隆起的包。我划破地膜，豆角秧摇头晃脑地一跃而出，叶子薄而窄，可它浅绿的颜色掩饰不住肆意伸展的姿态！我惊叹它生命力的同时，也为自己亲自种下的希望而充满期待。

每天，我放学回家，第一件事就是给秧苗浇灌沟边水，沟边水是居民楼的下水道里流出的废水，含有尿素等肥料，秧苗喝得愉快，生长得兴奋。当每次下雨前，再给它上足农家肥，豆角苗越长越高，嫩嫩的，绿绿的，很是可爱，招人喜欢。

不几天，豆角秧就伸展得弯弯曲曲，像是要急切抓住什么。周末，我回老家，取来一捆细细的旧竹竿，十字交叉搭在一起，拿绳子牢牢系住竹竿，看，竹竿有一人半高，我想足够它攀爬了。

因忙碌，两周没看它，我以为它缺水，经不住干旱，可能枯萎了。没想周末再到地里，豆角的青藤绿叶已经把芊芊竹竿缠绕得严严实实。

邻居张奶奶告诉我："别以为贵气的蔬菜很难养成。豆角耐干旱，抗贫瘠，生命力顽强。只要把种子种在土里，不用花工夫多管，它就会长。"果然，翠生生的豆角蔓就攀着竹条自由生长，渐渐长成浓郁的绿色屏障。并有细小的花儿点缀其间，豆角的花儿很小，淡黄的，腼腆羞涩得像乡间的女孩，在如姑娘们蕾丝裙花边一般的豆角藤架上躲躲闪闪！它的花期很短，短得让你措手不及，来不及细细观赏，甚至还来不及喊一声惊喜，那花儿就谢了，花儿尚未凋谢落地，豆角就急不可待地跳了出来。芊芊豆角，左右对称，像女孩头上扎的小辫儿，被高高挑起，看上去十分得可爱。

刚好，那几天，放学回家没啥事，就给豆角地浇足了水，虽然累得上气不接下气，但看着纤细的豆角由细变粗，由短变长，嫩绿饱满的豆角挂满豆角架，喜悦挂满脸膛！几天后，豆角秧更加郁郁葱葱，爬过竹竿向空中生长。我想，如果有足够的高度，豆角藤蔓会不会一路延伸？看着在密密匝匝的叶子里，两根并排着垂下来，饱满圆润的豆角脱颖而生，那些颀长的豆角就像无数绿色琴弦，被风弹起；又像窈窕女子，在风中潇洒轻盈地荡着秋千。那些葱郁的叶子开始变得厚重而宽大，在豆角架上翻滚着，一些淡黄色的须子，有的牢牢抓住竹竿，打着卷儿地向空中翻卷而上。更可喜的是，这茬豆角能摘了，新一茬的豆角花又荡漾在竹子架上。

夏天，豆角省出几百元的菜钱，还送给邻居一些，邻里关系更加亲密。

一次，我外出学习，家人在外工作。和以往一样，我领着孩子敲开邻居家的门，把孩子和钥匙交给她，让她帮我照管孩子，抽空给花草浇浇水。一周后，我回到家，孩子看到我很开心，说阿姨还给他换洗了衣服，家里的花草也长得郁郁葱葱，水灵，生机勃勃。

每次在餐桌上吃着自己种的无公害绿色豆角，一种自豪、幸福的感觉油然而生，心情都会在这清脆鲜美的咀嚼里，而变得喜悦而悠长。

魂牵梦萦，那一片盈盈的爬山虎

　　求学多年，印象最深的是那两年留中读书生活。细细回味，最刻骨铭心的竟然是那一片绿意葱郁的爬山虎，多少次梦里见到的也还是那片爬山虎。

　　记得初三毕业那年，我是本镇唯一考上高中的女生。不巧当年家乡遭遇了百年不遇的洪水，沿途道路冲毁，许多高楼也被洪水冲倒。当我第一次背着铺盖卷，提着洗漱用品和一周的口粮，翻山越岭，蹚水过河，徒步六十多里，来到邻镇留中就读时，天色已晚，我一下累倒了，还是送行的二哥帮我报了名，铺好床铺。

　　晚上，我捶打着灌铅似的疼痛万分的腿，再看脚底，鞋底已磨出个大窟窿，脚板底起了几个红红的血泡，其中一个已破了，血渍斑斑，想起自己一天的狼狈相，便忍不住泪水夺眶而出。

　　那时，每周六上午上两节课后放假，然后学生都回家取粮、拿菜。通往家的路遥远而坎坷，每周回家都是脚不停步地走，到月上柳梢才赶到家。晚上，还要和母亲推腰磨，磨第二天带去学校的口粮。一块考入

104

的同学，没几个能坚持下来的，第三周，一起和我考入的有两名男生就借请病假之际，逃学回家，从此再也没去学校读书了。

求学的路如此艰难。正当我也开始打退堂鼓时，瞅见初秋，校门右侧的石头护坡上，那一片爬山虎正叶挨着叶，绿意葱郁，生机盎然。抬头，只见绿叶不见青藤，从转角处一直延伸到操场口，密不透风，硬生生地把一面毫无生趣的水泥石头护坡变成了一片生机盎然的绿墙。当时，那绿墙好似伸出了一个钩子，深深地钩住我的眼球，让我疯狂地陶醉其中。

我很喜欢爬山虎那种宛如"万条垂下绿丝绦"般的秀美，那藤蔓从高处垂下，一层一层的，仿佛一条绿色的瀑布"飞流直下三千尺，仿佛玉瀑落九天"的感觉。

爬山虎的绿，赏心悦目，令人沉醉，让人有种心灵宁静感。此时，我觉得爬山虎的绿可抵得上朱自清笔下的"女儿绿"了。

有的爬山虎藤蔓顺势爬到了电缆线上，玩起了走钢丝的把戏，仿佛要爬到更高的云际去；有爬山虎的墙是满眼的绿，风吹来，一漾一漾地涌起绿色的波浪，有踏浪之感，缭绕了我的心。

特别是爬山虎旺盛的生命力和执着攀爬的精神是值得人们学习的。有的藤蔓很调皮，在爬上了几层楼之后，仍不满足，还继续往上爬，仿佛"给我一个抓手，我能爬上珠穆朗玛"的雄心壮志之势。我被它永不止步的攀爬精神感动了，想着，自己也要像爬山虎一样，脚踏实地、默默努力奋斗，坚持自己的信仰，无论求学之路多么艰难，也要向着人生的目标不断前进，永不放弃追求，让自己有限的生命发出更多的光和热。

从此，我就与那一片盈盈的爬山虎成了挚友，无论春夏，无论风雨，只要遇到不顺心的事，我都去那个斜坡，细细地观赏一番爬山虎，以此释放心中的郁闷，使我一下子就有了动力。

眨眼间，秋意一天天渐浓，那面爬山虎也逐渐由青变黄，处处演绎秋的神韵。我想，接下来就该黄叶飘零了吧！没想到，那叶子竟由黄转红，最后变成一块悬挂在校园的巨大红布幔。秋风乍起，红浪翻滚，抖动不止，远远望去，似天上飘舞的一挂火红锦缎，十分耀眼。

秋去冬来，饱经风霜的红叶纷纷飘落，最后一片不剩。爬山虎的藤蔓像蛛网般布满整个墙面，我望着那满墙一片萧条，拿起一根似枯萎的细藤仔细端详，它瘦得可怜，似无水分。我想，这满墙的爬山虎藤蔓恐怕熬不过这数九寒冬了吧！似"昙花一现"？我不禁担心起来。

时间流逝，春季返校，桃红梨白，满园芬芳。可那墙爬山虎仍是一片蛛网，一片萧条，瘦骨嶙峋，毫无生命迹象。我不甘心，把枯藤拉得更近，怎么有几个小白点？生虫了？我抠了一下，纹丝不动，哦！是嫩芽。我心中一喜，忧虑瞬间消散：爬山虎啊！你让我白担心了这么多天。看来，你的生命不是那么不堪一击，你整个冬天的萧条，看似毫无生气，却是悄悄地储蓄能量，只为来年的一把疯狂。

我执念的是那魂牵梦萦的一片盈盈的爬山虎，它就像这样，一寸一寸向上，一年又一年，永无停止，激励我在人生路上一直向前。

阳台上的黄瓜藤蔓

黄瓜长在阳台，似乎不妥，因为喜欢黄瓜的藤蔓和花儿，所以我想在我家宽大的阳台上，盆栽两株黄瓜。

觅得黄瓜籽，购得花盆，装上泥土。种植前，将黄瓜籽在温水里浸泡十几分钟，再下种，浇足水分，黄瓜便在阳台安家了！

大约第五天的时候，黄瓜种子发芽了，又过了几天，各萌出了两片嫩叶，它像是在窥视新的世界。叶子上还有一层茸毛，摸上去有些刺手。又过五六天，碧绿的叶子有婴儿手掌那么大了，叶片中间还长出筷子长的藤蔓，藤蔓和叶子的交叉处，还长出了弯弯的细丝。

我赶紧找来细竹竿和绳索搭架，将黄瓜藤蔓扶上架。很快，那些细而弯的丝儿，像一只只小手，牢牢地抓住了架上的竹竿，努力地向上攀爬。真是给力，又过半月后，黄瓜藤蔓就像绿色的窗帘一样挂满阳台，推开窗扇，轻风吹来，黄瓜叶荡出清波。

又过了些时日，叶片中开出了几朵黄色尖尖的花骨朵儿。花开了，引来了蜜蜂、蝴蝶。很快，花的末端长出了绿豆豆大小的小黄瓜，上面有一层白白的绒毛。

这些黄瓜"幼仔仔"一天天长大了，慢慢地身上的白绒毛褪去，变成浅绿色，开始长出许多小刺。随着瓜儿的长长，头顶的小黄帽不想戴了，黄花枯萎凋谢了。黄瓜一天天长大，终于，第一根黄瓜"走"上了餐桌。

黄瓜的生长期短，成熟快。

细细看看落户在我家阳台的这一大架黄瓜藤蔓，缠缠绕绕，那肥大的黄瓜叶儿，嫩黄的花儿，翠绿的藤蔓，将阳台装扮成一个鲜绿的空间，把家装点出田园风光。更主要是鲜嫩的黄瓜，为家增添了炊烟袅绕的温馨，我真的很欣慰。

黄瓜藤蔓，拒绝匍匐，唯有攀爬，才提升生命的质量！它明白攀登者的生命意义，一棵树、一根竹竿都是它绝好的朋友，一旦牵手，都将缠缠绵绵，不离不弃。一根黄瓜藤蔓就像一列绿色的小火车，轰隆隆地开往炎热的夏日，去迎接荷塘的风情万种，抵达蝉鸣的车站。

黄瓜藤蔓的这种攀缘，不是懦弱，更不是附会，这是生存的法则。它的攀缘，也让没有生机的瘦竹竿、小木棍披上了绿色，让它们得到"重生"和欣慰，不仅辉煌自己，还推己及人，让没有生气的精神起来，多么有趣。长满毛刺，是保护你娇小的子女，嫩黄的黄瓜花，谁也不能亵渎这纯洁的精灵。

我喜欢上了阳台上的黄瓜藤蔓，成就自己，温暖别人！

向上的凌霄花

在我经常走过的一段公路旁边，有一堵高高的砖墙，每年夏季，墙上面就挂满了火红火红的凌霄花，迎风飘舞。

凌霄花，小喇叭状，浑身火红，一种别样的火辣辣之美！

凌霄花的生长，不择地势。可以爬墙，可以攀枝，也可以铺展盖满一堆草垛，它的花朵由藤蔓紧紧相系，一路放歌，相互携手，成线成片，密密麻麻。

"庭院深深绿意浓，凌霄花瀑别样红。"我喜欢凌霄花。宋代贾昌朝写的《咏凌霄花》："披云似有凌霄志，向日宁无捧日心。珍重青松好依托，直从平地起千寻。"唐欧阳炯有诗云："凌霄多半绕棕榈，深染栀黄色不如。满树微风吹细叶，一条龙甲飐清虚。"让凌霄具有了龙形之姿，凌云之志。清代李笠翁评价凌霄花："藤花之可敬者，莫若凌霄。"

凌霄花可以在那种云雾缭绕中向上生长，有着高远的志向，向着太阳生长，却没有拱日之心。特别是它们能顶着暴风雨，团结在一起，勇敢的手牵着手，勇往直前，一边走着一边跳着优美的舞蹈，向上，再向上不断地延伸。凌霄花也一定会歌唱，不然，为什么要把自己开成朵朵喇叭，向着蓝天呢？凌霄花也懂得手足之情，不管走多久多远多高，都相依相惜，不肯落下一朵，也许它们知道团结一致向前进的真理。

春季，看似干枯的凌霄花枝，经风沐雨，会慢慢吐芽，抽叶，拔节，顽强地生长，迟迟才显露出点点新绿。夏日，它的生长极为迅速，一天一个样，尤其是在六月份，它的花儿完全绽放，绿叶、红花、黄蕊，美丽娇艳，绿叶如波涛，花红似燃烧的火焰，给人以美的享受。凌霄花叶对生，呈羽状复叶，小叶卵形，边缘有齿，花朵鲜红，花冠呈漏斗形，结出蒴果。因为六月又适逢高考，凌霄花盛开，被同学们亲昵地称之为"高考花""吉祥花"，寓意红红火火，旗开得胜之意。

初秋，凌霄花继续绽放，且是借地生根，向上生长。秋风秋雨中，凌霄花仍在生长，粗大的根茎，繁茂的枝叶，努力向上，向上，尽力伸展着生命的活力。中秋时节，红花谢去，墨绿仍在。

冬天，枯黄的藤枝在寒风中摇曳，有点弱不禁风，但仍不畏霜雪，慢慢孕育着下一季火红！

每当我倦怠彷徨时，总喜欢用"人生当有凌云志"来鞭策自己。我感谢凌霄，它一季季的花开、花落，伴我读书、伴我成长。你看凌霄，不畏严寒扎深根，经历漫漫春秋，默默积蓄"壮志"力量，只等来年夏季的一树精彩绽放。还有，它经历盛夏的酷暑和风吹雨打，仍娇艳无比。像凌霄花的这种志存高远，向上，再向上，努力拼搏，让生命绽放绚丽的执着品格，怎能不让人敬佩呢？

这让我想起莘莘学子们，"寒窗苦读十二载，素琴轻弹三两声"。多少个日夜，他们挥汗如雨，多少个朝朝暮暮，他们夜以继日。面对竞争，他们像凌霄花一样不懈怠，不妥协；面对未来，他们依然豪情万状，满怀信心！虽说，这一路上，他们成功过，失败过，开心过，痛苦过，奋斗过，也拼搏过，这一路，他们风雨兼程……这一路的点点滴滴，都将载入他生命的史册，成就他们人生路上最绚丽最刻骨铭心的辉煌！

今天，我要举杯，为莘莘学子们壮行！七月，请你们张开翅膀，勇敢地搏击长空吧！因为，七月的天空，是属于凌云壮志者，属于雄鹰展翅翱翔的莘莘学子！

芬芳扑鼻七里香

这年，我被派去梨树湾小学支教。

春阳是灿烂的，孩子们的脸上也是灿烂的。这两天，我帮扶的贫困学生杨兰兰同学请假了，今天一放学，我就去小兰兰家家访。和兰兰同村的几个学生一起走在山涧，一阵微风吹过来，老远就闻到了在深谷中弥漫开的缕缕醉人心脾的馨香味。抬眼望去，看见一架架繁盛的花儿，如天上的云朵洁白无垠。赶到兰兰家里，我马上给她补课，因为要在天黑必须返回学校，所以来去匆匆。

连续几天去给兰兰补课，每次从那一架架花的身旁走过，每当闻到那浓郁的勾魂的芳香，我就陶醉，但终究没有近距离仔细观赏。

一天，走进办公室，便看见桌上放着一束鲜花，是兰兰和其他孩子送给我的礼物！

这束洁白的花极其鲜嫩艳丽，纯洁的花色仿佛在牛乳中洗过一般。它与梨花相比多了几分俏皮与活泼，与雪花相比又添了几分灵性与生机。这花，三朵一簇，五朵一叠，竞相绽放在绿叶间。白花依着绿叶，绿叶小心翼翼地托着白花，交相辉映，演绎了温馨的花叶情恋。看着眼前的这束花，联想到补课路上的那洁白的花，想起了"千树万树梨花开"的诗句，甚至想起了深山古寺里碧潭飘落的雪花，想起了故乡冬雪卧青山的情景。这每一朵小花好似亮晶晶的银盘，银盘上嵌着五片尽情舒展的花瓣，仿佛在与春阳争艳，与春风斗奇。近前细看，花的中央还卧着一个小小的花蕊，还有许多细小的花蕾正藏在繁花嫩叶间，含苞待放。

"叮铃铃"下课了，一群孩子跑进办公室来，她们让我猜桌上花儿的名字，我尴尬地摇了摇头。

孩子们齐声告诉我："是野生的——七里香。"

我说："我很喜欢它。"

孩子们说："山里的七里香更美、更多。"

她们要带我去看，我高兴地应允了。

一个晴朗的天气，孩子们领着我，走在山涧的小桥旁，看见了山顶上有许多繁盛的七里香。有一处七里香特别壮观，它从树冠上飘然而下，好似一条雪山瀑布，有银河落九天之状，风儿吹过，更像一条洁白的哈达，飘飞在碧空之下，壮观难得。一路上，孩子们还教我认识了许多野花，蓝铃花、害羞花、猫耳花等等，它们坦然地开在乱石间、小河边、枯叶旁，它们五彩缤纷，千姿百态，美丽极了！有的孩子们还去采摘，他们前后缓行，呼朋引伴，不时地为他们自己的新发现而欢呼雀跃，孩子们欢快的身影，仿佛是阳光下盛开的野花。她们都手握鲜花，在阳光的照耀下熠熠生辉，映在鲜嫩的被太阳晒得红扑扑的脸蛋上，格外可人。不禁让我又想起"人面桃花相映红"的诗句。看着灿烂的野花，看着孩子们灿烂的笑脸，我的心已经收藏了暖暖的春意。

回来的路上，孩子们又摘了许多七里香送我。我想告诉孩子们，爱惜花木，不要攀摘，花儿一生的美都在这开花的一瞬间，为了这短暂的花期，它们要经历漫漫时光，要经历风雨。孩子们年少，还不懂得生命的艰辛与苦难，只有热情和浪漫。

回到学校上习作课。在课堂上，我拿着孩子们送我的这束七里香，让他们认真观其形状，闻其芳香，结合野外活动，布置孩子们写一篇小作文。检查作业，我惊喜地发现，孩子们的题目惊人相似：《我喜欢七里香》《我爱七里香》。兰兰写道："我喜欢七里香，因为她像许多小仙女一样的。"我问她："七里香怎么像仙女？"她回答道："七里香有着香妃一样的味道，它穿着洁白的银裙，像可爱的小公主，太迷人了，连蜜蜂和蝴蝶都要来亲吻她！"我会心地笑了。

进城工作二十年了，每当五月，我便会想起那山涧，想起那一片洁白的七里香，还有那些和七里香一样纯洁的我的学生。

窗角，那一盆绿萝

那是七年前的事。记得，一个初秋周末的早上，家人替我办好出院手续，便一起乘车回家。刚进家门，就看见阳台花架顶上的那盆绿萝，快要枯死了。疾步走近观察，没错，的确是奄奄一息的样子，所有的叶子一律顺着花盆边沿倒伏下来，蔫的，耷拉着脑袋，皱皱巴巴，畏畏缩缩的，俨然气若游丝，似乎即将没有了生命迹象。

"把它扔了吧？"儿子说。

儿子之所以这样说，是因为我生病住院，离开家里近一月时间，他上学是住校，平时不回家，绿萝没人浇水打理，才变成这样。儿子知道我要出院，先回家打扫了一下屋子，且已发现绿萝一蹶不振，并予以浇灌。今天回来，见它仍萎靡，不见起色，才有如此想法。

我没有回答儿子的话，是有些不舍，便吃力地把它从书架顶上端了下来。这盆绿萝可以说"出身卑微"，是即将枯黄时，被人丢弃在花园角落里的"弃儿"。我偶然从它身边走过，觉得仍有希望生还，才把它捡回来。同行的朋友说："快枯了，别人都不要了，扔了吧！"可就是冥冥之

115

中，我留下了它。至今已然跟随我一年多，也换了几个环境，最后我将它摆在最不起眼的角落，终年没晒晒太阳，一直不管不顾的。可它就在那里，还长了起来，绿油油的。后来查阅资料，才知道绿萝属阴性植物，喜湿热的环境，忌阳光直射，较耐阴。肥沃疏松透气，含有大量腐殖性质的微酸性砂质土壤为宜。真是可笑！我的无知，竟然给了它最适合生存的环境。就这样它看着我，我看着它，绿意盎然，生机勃勃，为我家增添了不少生机。现在它病了，怎么就能把它扔掉呢？可是，它现在这个样子，放在客厅，来人进门就能看见，又伤大雅。正在沉思间，我猛地看到，枯死的叶片底部冒出几棵极细极尖的小芽儿来，锥子一般，仿佛在提醒我，它们的生命并没有消失！

心底微微一动，我抱着花盆去了阳台的水房，把它浇了个透湿。这回，我没有让它再回到高高的花架顶部，而是把它放在半人多高的阳台背阴的角落边，这样，不易被看见，也方便浇水，省得我拖着病体端上端下的。

几天后的一个清晨，走到阳台时，我并没有刻意去看那盆花。可它还是吸引了我的目光：雪白的花盆，几乎有一半多的叶子都站了起来，有的半弯着腰，垂下的叶子头部也在极努力地向上挺，显示出大病初愈之后精神的顽强，那样子，真令人疼惜！

我愣怔怔的，半天没动，若是那天我扔掉了它，现在，它会在哪里呢？如今，我想从这盆绿叶中寻出那几个尖尖的小芽，却再也看不到了，只有苏醒了的一盆绿，在憔悴中挣扎的绿。原来，在儿子眼中，它已失去生命的迹象，一直守候着一个新生的梦，梦中，生命的翅翼从未停止过扇动。

我顿时心底涌起一阵伤痛，它不正像生病的我吗？是家人的执念，对病危的我没有放弃，更没抛弃，而是四处打听名医，是家人和医生的爱心呵护，才让我从病魔中挣脱出来，得以新生。我忽然眼睛潮湿了，泪珠在眼睛里打转转，然后溢出眼眶，从眼角滑落下来。我走上前，取来喷水壶，轻轻地为它们喷了一层水雾，刚刚获得新生的弱体需要更精心细致的照顾，它们微微摇了摇稍稍挺起的叶片，仿佛在向我致谢，叶片上，那闪烁着一层细碎晶莹的小水珠，分明是心底泛起的热泪……

又过了一周，绿萝再次出现在我面前时，已是藤壮叶茂，碧绿碧绿，精神抖擞了。直立的叶柄托举着的叶片上，偶有洇出的黄色晕圈，呈现无法掩饰的伤痛与疲倦，靠花盆边，也有几片叶子确实干枯了，显露无法挽救的黑褐色。我轻轻地将它们扶到盆里，用土埋了，那是不该被遗忘了的过去。"化作春泥更护花"，它们会化为生命成长中的强大力量，成为浸润灵魂的一脉馨香。

此时，窗外，绿的叶，红的花，还有一只只美丽的彩蝶儿、蜂儿，飞舞着，都醉在春的怀抱里。与它们隔窗相望的，有窗台背靠阴面那一盆绿萝，一样地迎着明媚的阳光，蓬勃生长起来，它日渐强壮的生命必将吞噬掉所有的历史伤瘢，它还将垂下绿油油的藤蔓，婆娑起舞在这姹紫嫣红的春天里。

夏季繁花

夏天的正午，烈日炎炎，似一个火球，又似一团熊熊烈火尽情地烤灼着人们，此时，谁都想躲一躲太阳公公，冷落一下它的热情！

夏天，你怎能责怪我躲避你呢？因为，我怕你滚烫的嘴唇会灼伤我的脸颊，你炙热的身体会烫伤我的肌肤。夏天，别怪我没有亲近你，你那么热烈，那么狂奔，我玉洁身体，几天下来，白皙的脸庞便烙上了黑色的印迹。我甚至讨厌你，没有防晒霜，你便要让我顷刻尽失颜面。

夏天，我选择逃避，逃到一片绿荫地上，享受一下凉风的惬意，品尝甜爽冰激凌，哼一曲浪漫动人的歌曲。

夏天，我不敢过多的窥视你，不敢痴情地触摸你，尽管你风情万种。

其实，躲是躲不开的，我就试着去爱你。每当雨后初晴，我便喜欢去凤凰湖畔，站在长长的廊桥上，尽揽景色，美哉！

"绿槐高柳咽新蝉，薰风初入弦。""微雨过，小荷翻，榴花开欲然。"

此时此刻，我有点喜欢你了，那里的静水，那里的池畔，石榴花争奇斗艳，凌霄花也多情地将你紧紧地拥抱，满满的花香。漫步轻牵一缕时光，一脸微笑，书写岁月的静好，演绎着爱的缱绻。

瞧，湖边那一抹凌霄，碧绿叶子的藤蔓攀满了两旁城墙垛，一片橘红色的花儿密密麻麻，挨挨挤挤，似瀑布般一直倾泻而下，红绿相间，色彩鲜艳着实抢眼。远看好像一把把小喇叭缀于枝头，迎风吹奏歌曲，格外有趣逗人喜爱。我不禁吟起一首诗："绿瀑挂墙垣，霞影池中看。飒飒迎风十丈藤，直向云霄绾。草木有高情，何倩流莺管。惟有天公识我心，露滴金杯满。"

凌霄花，我欣赏你的攀岩，你那么执着，那么高高地飞旋出一种力量的美，纠缠的美。看，它的藤枝实在粗壮凌厉，像一根胳膊粗的麻绳一圈一圈拧着爬上去，一直攀附到大树枝梢，像鹰一样飒然抖开翅膀，横空环绕，竟然飞渡到另一棵树上去了，真是强悍霸气。我想，凌霄花的纠缠之间，一定有一股子力量，脚踏手抓地攀附，紧紧箍勒之后把古木的骨髓吮吸干净了，努力向上，是它为夏天增添一抹华丽。

呃，夏天，其实你很健硕，也很美丽！你是天使，甚至是勇士。浓荫下、芳草地、凤凰湖、廊桥边都有你的刚毅，年轻的小伙在这里对姑娘诉说爱慕，盟誓永远。

夏天，远处滚滚的雷鸣，可是勇士征战的暮鼓！夏天，天边燃烧的彩云，可是你给姑娘们的嫁衣！

夏天，红红的桃子，黄澄澄的李子，蓝而亮晶晶的蓝莓，繁茂璀璨，压弯树枝，一地地又大又圆的西瓜，是你献给人们的甜蜜。

还有那一串串紫莹莹的葡萄，酸酸甜甜，你说，除了夏天，我还能在哪里等待你的出现？

夏天，绿意还在蔓延，饱满的思绪仍在广阔的山野间撒播。

夏天，我还看到了你的美留在这里，难怪有那么多赞美你的诗句："接天莲叶无穷碧，映日荷花别样红。""小荷才露尖尖角，早有蜻蜓立上头。"

　　呃，夏天，金黄飘香的麦浪，才是你的大手笔，才是你给人类的最好赠馈。

　　呃，夏天，我又喜欢上你了！

第三辑　静听花语

"静寂小园梅自开，听得一声笛音来。花伴远笛轻起舞，语曼枝摇暗香怀。"

桃红杏粉，传来了春的消息，春踩着细碎的步履如期而至。轻拈一朵绕指花开，一剪闲云一溪月，一程山水一年华，一树菩提一烟霞。静听花语呢喃，感受一场细雨温润，静享春风缠绵，素心淡然，不负时光。

樱花情

野樱岭坐落在洛山村西，四面环山，山路崎岖，丛林密布，空气清新，景色旖旎。三月远望，野樱岭樱花繁花满树，似雪胜雪，密密麻麻，层层叠叠，琼堆玉砌。朝阳投射时，有桃红之妩媚，又不失梨花之纯洁，团团簇簇，似云锦，又如海涛，蔚然壮观。走入岭中，有一种"世外桃源"之感。

樱花很美，但花期很短，那种转瞬即逝的飘然感，震撼人心。

今天，我来到此间，不为观赏，只为祭奠亡灵，我的老朋友尹恒夫妇。

由于众所周知的新冠肺炎疫情原因，僻壤野樱岭也不能例外，封山封路，原来来往岭上的快递中断。为了方便村民，我的老朋友、本村教师尹恒主动请缨，当了一名疫情时的临时送货郎，沟通野樱岭里外。

尹恒每天串街走村，他的喇叭声响，给寒冷寂寞的山岭带来了生气，也带来了山外的问候和信息。这种问候和传递信息的热情，胜过手机短信微信，即使没有快递邮件的人们，一听到他喇叭里的声音，也愿意移到门口，看上他一眼，似乎看到家以外的世界！

3月13日下午，人们又期盼着听到他的喇叭声，然而，他终未出现，村支部书记梁峰和尹恒是发小，也是同学，更是无所不谈的朋友，打他电话，没人接听。梁峰感到一种莫名的不祥涌来，就带领村民沿路找寻。

尹恒是一个坚强有品格的人，妻子是县医院呼吸科医生，一个女儿，本来，他有一个幸福的家庭。2002年11月，广州突然发生了"非典"病毒肆虐，他妻子李樱主动报名参加了救援医疗队，当了一名志愿者，于同年12月前往广州抢救非典病人。走之前，她对家人说好，来年樱花盛开的时候，她就会回来。然而，樱花如约而开，她却被"非典"带走了。那时，他们的女儿才两岁。

妻子的离去，给家庭带来的痛苦可想而知。尹恒决然要求从县城学校调回野樱岭村继续从教，和女儿一起生活。

每到樱花盛开之时，他和女儿都会走上野樱岭，祭奠亡妻。

野樱岭是尹恒和爱妻相识相知的地方。记得，那年樱花盛开的时候，还是读大四的李樱，周末来这里写生，不慎扭伤了脚，行走艰难，巧遇尹恒，便背她下山就医，这样，他们就走到了一起。

十七年后的今天，他们的独生女儿尹樱宁，作为央视一名新闻战地记者，在新冠肺炎疫情肆虐的时候，她也成了一名逆行者，去了武汉，在疫情最前沿阵地的"雷神山""火神山"作实况报道。

梁峰熟知他们的故事，这次路过这里，不敢多想，一行人越走越感觉脚步沉重。终于，看到了躺在一树繁盛的樱花树下的尹恒，还有倒在离他不远处的摩托车及货物……尹恒却出了车祸了，已经没有了生命体征，可手里却紧紧地攥着手机。

手机开着视频，是女儿尹樱宁最揪心的遗言，"爸，请原谅女儿不孝，我感染了新冠肺炎，来世报答"。

……

野樱岭的樱花，比以往开得更早、更盛、更鲜。看着遍岭如云似锦的樱花，我们悲痛的泪雨飘飞在盛开的樱花丛中……

雨中荷花更娇艳

"镜湖三百里，菡萏发荷花。"家乡多荷塘，尤其是在这个初秋天气，荷花更美。

一个周末的清晨，秋雨绵绵，和孩子一起走进河滨公园赏荷莲。

一阵风掠过，平静的湖面顿时泛起层层涟漪，荷叶荡漾，雨露在荷叶中翻滚，像是兴奋的娃娃，借着荷叶这个"温床"在风中嬉戏，活跃在绿浪中，聚合分身，我被它们的游戏陶醉了，拿出手机为它们留影。

烟雨中，荷叶间一朵朵荷花，默默地站在水中央，亭亭玉立，宛如在水一方的佳人，玉肤凝脂，洗尽铅华，尽显本色。她们在烟雨微茫中，深遮霓裳；在薄风霏雨中，迎霖出浴，娇姿百态，浅笑嫣然。她遗世独立却不孤芳自赏，高雅华贵却不矫揉造作。碧叶流莹珠，幽香暗袭人，只为这个清凉的浅夏。我不得不佩服起女作家琼瑶酿出的惊人佳句，"有位佳人，在水一方"。

来到亭榭，向荷塘中央望去，澄碧的水面，开出大朵大朵素静的白荷花来。一切纯洁得让人心旷神怡，纯净得让人如沐浴洗尘，不由得让我想到佛前那朵最美的莲花底座。又仿佛是一幅淡淡的水墨画，弥漫着幽幽的荷香，而我，恰似画中那个采莲的人。风儿轻拂，缕缕清香扑面，让我倍感惬意。临荷静思，我似乎明白了，为什么荷花能走进那么多文人墨客的内心，与他们促膝而谈，惺惺相惜，甚至能走到佛的身边？

荷花又名莲花，自古便是清高的象征。宋代周敦颐曾写下《爱莲说》，"予独爱莲之出淤泥而不染，濯清涟而不妖"。此刻，我理解了其语句的真正含义。菡萏啊，即使处于泥泞仍能生得洁净洒脱，盈盈欲滴，默默为大自然奉献一抹淡红，给人类奉献出莲子果实，为人们增添一股淡雅的清香。

我是喜欢荷的，喜欢它芳香馥郁，中通外直，不蔓不枝，香远益清，亭亭净植。无论是乡间池塘，还是深山幽谷；无论是名山野湖，还是屋后水涧，都有她们落落出红尘，磊磊缀凡间的靓影。

我爱莲，还有一个缘由，我是在荷花最美的季节出生，因此，父亲说，盈盈水间，因水而生，故为我取名"菡萏"。我知道，父亲的期望，是让我有荷花一样的品质，高洁、纯清、美丽。

秋雨绵绵，荷花更美。望着满池的荷花，我颇有感慨。菡萏，你惊艳了时光，染香了岁月；你立于淤泥，却不染纤尘。你奉献了美的内涵，将圣洁无瑕、高尚纯真留在世人的心中，却将苦深深地埋在莲心，只为等待能够绽放的那个夏季。

心潮涌动，诗意盎然，吟一首《我是一朵莲》：我是一朵莲 / 盛开在雨雾烟波浩渺间 / 洁身自好 / 不攀附不卑膝 / 出淤泥而不染 / 我是一朵莲 / 不与牡丹争奇斗艳 / 只有矜持和古典 / 在风雨中绽放笑脸 / 千娇百媚入丹青画卷 / 我是一朵莲 / 花容憔悴 / 只为莲实满圆 / 残身败叶 / 只为化身莲藕 / 也要把清香留在人间。

（此文于 2019 年 9 月 22 日发表在越南《西贡解放日报》）

荷塘疏影，等你踏香来赏

炎炎夏日，假期第一天，邀约朋友，一起去荷花塘赏荷避暑。

来到荷塘边，一股淡淡的清香扑鼻而来。一眼望去，碧绿的荷叶就像绿色的海洋。荷叶密密挤挤，圆圆的，绿绿的，大大小小，像一把把绿色的小伞，层层叠叠，覆盖了荷塘。青蛙跳上去，在上面爬来爬去，把它当作自己的舞台；一群群鱼儿在水中嬉戏，快乐地游来，把它当作遮阳伞，为它们遮挡骄阳；蜻蜓飞来飞去，落在刚出水的荷花上，蓦然想起宋代大诗人杨万里的诗句，"小荷才露尖尖角，早有蜻蜓立上头。"一幅多么美丽的画卷啊！

"接天莲叶无穷碧，映日荷花别样红。"荷花形态各异，婀娜多姿，有的还是花蕾，像胖娃娃攥着的粉拳，正蓄势待发；有的才绽出两三片花瓣，如同粉面含羞的姑娘，半遮着脸；有的已经怒放，露出嫩黄色的花蕊。一朵朵亭亭玉立的荷花好似沐浴之后的少女，娇艳含羞，扛着绿伞走出来，挺立在绿伞丛中的还有莲蓬，昂首挺胸，或扭着细腰，低眉颔首，别有一番韵味。

一阵风吹来，荷花随风起舞，朵朵荷花散发出的清香，是那样的清纯，那样的雅洁，在骄阳辉映下显得格外的鲜艳娇媚。花的幽香，叶的清香，扑鼻而来，沁人心脾。一时兴起，为你赋诗一首《荷香满塘》："玲珑剔透白玉妆，星罗棋布绽荷塘。娇艳粉嫩翩翩舞，恰似西子缕缕香。"

荷花清新脱俗，花香醉人，历代文人墨客多是其拥趸。"素手把芙蓉，虚步蹑太清。""荷香随坐卧，湖色映晨昏。"晚唐的李商隐最欣赏荷的独特品性，一句"惟有绿荷红菡萏，卷舒开合任天真"，把荷的高雅脱俗，不媚于世的形象跃然纸上。娇羞的菡萏，清雅的芙蓉，可人的芙蕖，文人们不惜辞藻，赐予美称，高歌咏叹。周敦颐那句"出淤泥而不染，濯清涟而不妖"更写出了荷花身处淤泥之中，却纤尘不染的高洁，天真自然不显媚态的高贵精神。我想，也许荷花正是体验过生长在淤泥的污秽和黑暗环境，才更向往着美丽和光明，于是便迎着夏日骄阳，立于清波之上，追求着美好。

荷花的香气有着祛暑祛热的功效。沈复在《浮生六记》里有一段文字，记述其妻芸娘制作莲花茶的细节，"夏月荷花初开时，晚含而晓放。芸用小纱囊，撮茶叶少许，置花心。明早取出，烹天泉水泡之，香韵尤绝。"读此段文字，仿佛就闻到了芸娘纤纤玉手中，那盏青花瓷杯里袅袅飘散的清香。莲花生长于绿水荷花池之中，天然纯洁，无污染，味清香，这样的莲花自是上佳饮品。如今也有将莲花不炮制直接饮用的，简单的制作方法是，将莲花洗净阴干，和茶叶一起密封储存，饮用时，可取花瓣或整株花与茶叶一起冲泡，茶香莲香交缠，别具风味。

荷花，为绽放你圣洁的那辉煌一瞬，挣脱淤泥，穿出水面，你在饱蘸满的幸福泪花里放出光华，你惊艳了时光，染香了岁月。你立于淤泥水中，却不染纤尘，一丛丛静静的白，静静的红，静静的香，朴素的，浪漫地挥洒着。你奉献了美的内涵，将圣洁无瑕、高尚纯真留于世人，却将苦涩深深地埋在自己心里，只为等待能绽放的那个夏季。

（此文于 2019 年 7 月 7 日分别发表于
越南《西贡解放日报》和德国《欧华导报》）

128

一地伤心因睡莲

我不慎摔倒，扭伤脚，很久出不了门。盛夏时节，伤痛难耐，蜗居家中，望着窗外烈日，听着蝉鸣尖叫，心情是比较烦躁的。出去走一走，热一点，累一点，又有何妨，心想所系。

最近，先生要外出，大约需要十天半月。不得已，只能去郊区小妹家里"寄养"，让小妹照顾我一下。

小妹的家门前，是渭河公园，后边是护城河水，赏荷自是近水楼台。但小妹也要天天忙着工作，我还是一个人过着蜗居生活。

今天，小妹仍像往常一样，在我床边的柜子上摆上了药丸、水果，泡好了水，放上点心，叮嘱我说："姐，我上班去了，记得吃药、喝水、吃水果和点心哦。"我嗯嗯回复，她匆匆带上门而去。

躺在床上，百无聊赖，伤处还在发烧，隐隐作痛。我直起身子，喝下了药，瞥见后阳台上，倒垂的柳树枝条在微风中摇曳，拂过窗前，细柳给我带来一丝慰藉。一群叽叽喳喳的小鸟隔着窗户玻璃，在树杈上对我叫，好像是在问候我，或是要和我聊天。

小妹家住在二楼。我索性下床，挂着拐杖，跳到后面阳台上，躺在竹躺椅上，惬意地观赏起楼下的一片睡莲，正值开花的时节，很美！

　　我居高临下，仔细眺望起来，能看见五六个或方或圆，形态各异的荷池，沿着护城河岸一字排开。和这些正开得灿烂的睡莲偶遇，便是意想不到的惊喜了。

　　尽管窗外烈日当空，热浪翻滚，但是那几方荷池，因为有了睡莲氤氲着生命的闲适，便营造出十分别致的风景来。一朵两朵，粉的、红的、白的，不疾不徐，尽管花色各异，但是每一朵都玉洁清芬，绽放在层层叠叠、绿得发亮的叶子之间，给暑夏送来一些凉意。

　　"幽居在平湖，花开自花落。"睡莲的淡泊情怀，清雅绝尘、不骄不媚的超然气质，顿悟起来，忘记了自己脚伤的疼痒。

　　每一次看它，总是屏声静气，凝视良久，带来心境澄明，不快皆忘，让我烦躁不安的心静下来。植物也是有人性的，也许这方睡莲知道我每天在关注着它，欣赏着它，可我却不能亲近它，去闻一闻它的芳香。只能拿起手机，为它拍下一个个美丽的瞬间，在QQ空间里写下一些华美灵动的文字，再做成美篇或做成抖音转发出去，让我和更多的人们在美好的诗意中感知它摄人魂魄的芳馨。

　　像我这样拖着病体，能如此静静地不近不远地欣赏到它的美，就已是足够美好的事情了。但仍奢望着，自己哪天伤愈能独自下楼，走到荷池边，能亲自伸手去触摸它一下。但又很快就打消了这念想，让它静静地开吧！有谁能真正懂得睡莲深邃静谧的内心世界呢？又有多少人能够猜透它欲言又止的心事，悟透它那份袅袅暗香里的禅意呢？至今，我也没能完全读懂。

　　一对年轻夫妇牵着一个小女孩从楼下路过，他们也在欣赏这一池池美丽的睡莲。那位母亲说："我为睡莲那'清水出芙蓉，天然去雕饰'的奇绝之美而惊叹"。男的说："是呀，这一池一池的睡莲，偏于一隅，远离市井尘嚣，纤尘不染，安之若素，也让人钦佩。"

小女孩说："妈妈，荷花好漂亮，给我摘一朵吧？"

"不可以，乖女儿，池中的荷花是给大家看的，老师不是说要保护花草嘛，不能为了独自欣赏，而破坏花草呀！"妈妈说。

女儿看了看妈妈，轻轻地吻了一下一朵荷花，又抚摸了一下，然后恋恋不舍地离去。

"你站在桥上看风景，看风景的人在楼上看你。"

这一哲言突然冒出思维，我现在就是看风景的人。

摒弃私心杂念，淡看流水岁月。睡莲在这对文明夫妇的保护下，逃过一劫，欣然地继续开着，多好！明天，我还能欣赏到它的美。

红尘喧嚣，人来人往，也许对于睡莲来说，我们只是凡夫俗子，是一个又一个匆匆过客。

可是，也许是另一种对荷花的爱吧，昨天还开得惊艳热烈，第二天却只留下残梗断茎，一片狼藉，谁干的？什么时候？有没有被发现？我怎么就偷了一会懒，睡着了，睡莲一朵又一朵被攫取。荷花原本在这里开得那么精美绝伦，惹人爱怜，可是现在，它们去了哪里？或是被行人采摘了，拿回家插在花瓶里独自欣赏吧……

先生回来后，又把我接回自己家。回来后，我感谢小妹的关照，也想念那睡莲，甚至打电话问睡莲怎样了，小妹每天总不厌其烦地给我直播睡莲生长的实况"报道"。

美丽的睡莲，是那样地安静，那样地祥和，让我心情畅然，伤痛消减。让夏日清凉，让人们分享美丽。

（2019年8月18日《西贡解放日报》发表《一地伤心因睡莲》）

君子兰开花了

大凡家庭居室养花植草，君子兰是必选之一。

搬到花园小区的新居后，家里养上了更多的花，长长的阳台上，整整齐齐地摆满了多种花卉。特别是几盆茁壮生长的君子兰，茎叶粗壮，绿如泼墨，对称的茎叶中间，直直地伸出翠绿的花茎，高高地擎着橘红色的花朵，像是火炬。每个花茎上的花朵，都在五六个或八九个，数目不均匀，却挨挨挤挤，竞相绽开笑脸，吐露芬芳。一个花朵有六个花瓣，花瓣围着里面娇娇欲滴的花蕊，像婀娜多姿的仙子含笑凝眸。

早晨，站在阳台上，欣赏着君子兰，心旷神怡。

和这大盆的君子兰相处也快十个年头了，几盆分根的君子兰是它的"后裔"，这些"孩子们"，在我的精心呵护下，如今也叶繁花茂，长大成兰，比起大盆的"母亲"来，更加青翠油亮，生机盎然。也许是大盆的君子兰年老色衰，铅华洗尽，只留几片墨绿色的老叶，风烛残年，竞相展露芳华的孩子们像极了一位位战士，护卫着它。

有点伤感，花且如此，人生亦如此！

十年前，说起那大盆的母亲君子兰，它是朋友家要搬到远处大城市居住的事，临走时，大家去送行，她让每人各自选择一盆她不便带走的花卉留作纪念。别人都选了看起来好的，我则端了墙角那盆君子兰。也许是朋友忙于搬家，疏于关心，这君子兰有点可怜兮兮，只伸着两片脏兮兮的细叶，细叶上落满灰尘，完全覆盖了它本来的绿色，残破的塑料盆里，一个小小的"蒜头"从干裂的泥土里裸露了出来，干瘪地有了一些皱纹，不仔细看，很难辨认出这花是君子兰。此时我心生怜悯，加之朋友好意，便带回家养了！

回家后，给它换了个好看的蓝花瓷盆，翻盆更换了熟透的腐殖土，重新种好，清洗干净，浇足水。水咕咕冒泡的时候，小蒜头露出不显光华的颜色，如同一个怯怯的小孩，紧张、不安地望着陌生的世界。

大约过了两个月后，这株君子兰精神起来了。一天，我欣喜地发现，长出来一片新叶。加强营养吧，我给它浇灌一些肥水，并将它端到阳台的栅栏上晒晒太阳，再搬回来。又过了两个月，君子兰在我的呵护下，两片新绿徐徐地吐了出来，嫩生生的，鲜活活的，像灵巧的舌头舔着葱绿的嘴唇。

夏天到了，君子兰除互生的四对碧绿的叶片，宽宽的叶身，叶子向上的一面长有一条条细密的叶脉，叶内又吐出两片嫩舌，蕴含着希冀和喜悦。

从此，这盆君子兰，让我多了一份呵护，也多了一份牵挂，更多了一份责任。每天紧张繁忙的工作，除了照顾孩子生活学习外，闲暇之余，就帮它松土、浇水、晒太阳，和它聊天说话。还让孩子照着它写生、绘画、习作，甚至给它放音乐及朗读，和君子兰度过了多年美好难忘的时光。君子兰成了我们的朋友，仿佛能领会好意，报答恩情。在一年的时间内，新的四片叶子长大，又添丁增口，里边抽出了两片小小的，绿绿的"嫩舌头"，这让我惊喜万分，手舞足蹈。冬天，搬回客厅，精心地呵护。

来年，绵绵的春雨，在窗外沙沙地作响，阳台栅栏上的君子兰，像是换了一套崭新的春装，还抽出了两片嫩叶。两年后的春节，阳台上的各种花卉，迎着窗外漫天飘舞的雪花，次第开放，朵朵娇艳，芳馨满庭。

众花之中，君子兰最美！它的茎极短，几乎可以忽略不计，茎上生叶片和花葶，从叶片间抽出一根直且扁平的花柱，花柱顶端长着伞形，似漏斗状的近30朵橘红色的花骨朵儿。

一盆君子兰通常只长一个细长的花柱，这盆却有两个花柱，小花骨朵儿一天天长大，十多天后，已经含苞欲放了。又过了几天，橘红色的花瓣在绿叶中悄无声息地探出了小脑袋，开出了令人赏心悦目的君子兰花，每朵花有六片花瓣，均匀地分布排列着，里面伸出了六根雄蕊和一根雌蕊。刚刚开放时的花蕊是一个嫩绿的小苞苞，点缀在花丝上，君子兰的花瓣是黄与红的混合色，中间的花心是黄色的。君子兰一个花苞就有三四十朵花儿，花儿开放时，像风拖着它的长裙轻轻走过，裙子便飘舞起来，又像一位位穿着红衣绿裙的小姑娘在跳舞，花儿愈发显得娇媚。

为之激动，挥笔赋诗。

（一）咏兰

苦培兰蕊十几载，春雨抚蕾次第开。久居不闻香气在，开窗恰有蝶飞来。

（二）咏兰

我家阳台花木亭，百卉娆娆酷满春。惟有兰花香气好，一时名誉凤凰城。

（三）咏兰诗

兰草芳名誉四海，春节落户到我家。片片叶青含正气，朵朵花妍不浮华。

最是常绿斗严寒，潇洒含笑度盛夏。如非花中真君子，怎奈风姿寄高雅。

君子兰，坚强刚毅，威武不屈，富贵吉祥，幸福美满。据说，君子兰一开花，家中必有喜事，所以君子兰开花时，我总是很高兴，期盼着幸运降临！

喜欢凤仙花

四月，老家后院，墙脚处的凤仙花长起来了，绿中泛黄的叶子微微向上翘起，椭圆的边缘均匀地排满小齿。它长势茂盛，很快从主干枝上长出七八个分枝来。

到了四月中旬，凤仙花结出了一个个花骨朵。八月，暑假回家，就看见那些凤仙花儿，扇形的花瓣，重重叠叠，嫩黄的花蕊，朵朵绽放，红的、白的、黄的、粉的、蓝的，它们簇拥在绿叶之间，沐浴着夏日的阳光，召唤着秋天的爽朗，绽放着灿烂，如火似玉，如梦如歌。

关于凤仙花，有个传说。一日，王母娘娘举办蟠桃会，与众神在天宫饮酒欢聚，一盘盘硕大的仙桃，被众仙女端上宴桌时，王母娘娘发现，竟然少了一只，便怀疑其中一个叫凤仙的仙女偷食了桃子。蛮横独裁的王母娘娘不由分说，便把凤仙女逐出了仙界，打落到了凡间。凤仙在人世间孤苦流浪，最后含冤而亡。

凤仙女临终前，她曾许下心愿"不羡天界不羡仙，宁做凡间一株草！"谁料，在她死的地方，果真长出了一株被称作凤仙花的草本植物，每当凤仙花果成熟时，只轻轻地一碰，便立刻迸裂开来。人们说："这是凤仙女要让所有人看到她是坦荡清白的，明白她是被冤枉的。"

凤仙女是一个有个性、有气节的姑娘啊！

凤仙花，是女孩子的花，它代表着聪慧、直率、热情、坦诚。

凤仙花还叫指甲花，是因为女孩子喜欢用它染红指甲。

有资料证实，早在宋代，周密的《癸辛杂识续集》中，就详尽地介绍了用凤仙花染指甲的过程和效果。到了清代，诗人袁景澜在《吴郡岁华纪丽》中有这样的诗句，"夜听金盆捣凤仙，纤纤指甲染红鲜。投针巧验鸳鸯水，乡阁秋风又一年。"由此看来，良家妇女也好，教坊歌女也罢，染红指甲一直是一种美好追求，绝非风靡一时，十里红妆，脂粉浓郁。尤其是到了七夕佳节，穿着新衣的少女们，于庭院乞巧，染指甲，点绛唇，一夜深红透，有歌谣为证："七月凤仙七月凉，织女鹊桥会牛郎。"

母亲年轻的时候，也是爱美之人。每到凤仙花盛开时，总要精心地打扮自己的女儿们。她会在一个晴朗的天气里，端着一大盆衣服，带我们三姐妹去河边洗衣服。当洗好的衣服晾在自家的小院儿后，母亲便检查我们的手指甲，认为我们的手指甲洗得透亮时，她就摘来凤仙花，把它和明矾放入石臼里捣成花糊，调和均匀，再仔细地用小勺子，涂抹在我们的指甲上，用麻叶一层层包裹起来，再用棉线扎紧。我们带着无比的期待，进入梦乡。第二天一大早，解去麻叶套时，眼前一亮，十指嫣红，美艳动人。我们心里美滋滋的，互相欣赏一番，便手拉着手儿找伙伴炫耀去了。

在似水流年的儿童岁月，凤仙花曾给我带来无穷的乐趣，那也是多年后留存心底的、值得回味的童真浪漫。

我当然喜欢凤仙花。

略懂医术的母亲说过，在过去，乡村都很贫穷落后，凤仙花的药用价值高于美学价值。山村里孩子们在打柴，割草时会摔伤，出现肿痛。母亲就把凤仙花捣烂，加入适量的石膏，拌成糊状，敷在我们的损伤处，过不了几天，便消肿痊愈了。

夏天大忙时，一家人整日在田间劳作，累得腰酸背疼。母亲就采摘一些凤仙花的叶子，榨出汁来，涂抹在腰背疼痛处，晚上睡上一觉，第二天体力恢复如初，腰背不疼了；凤仙花的果实也能治病，将它研成细末撒在被蚊虫咬伤处或生了疥疮处，都可治愈，还能抑制妇女产后出血、风湿等疾病。

我喜欢凤仙花的品格，它朴素美丽，顽强坚韧，曾造福于人，默默为人们做出那么多贡献。我更加喜欢凤仙花了！

圣洁的格桑花

格桑花是幸福的花，谁拥有了格桑花，谁便拥抱了幸福。

一花一世界。在我心里，格桑花像初现的锦缎，在光芒中颤抖五彩斑斓的世界。她开在梵音中，此刻，万物静止。她是大地的礼物，充盈着心，风吹过，带着竖琴的声音。看，"吉祥"和"爱"正从云岭上走下。

一次又一次，听人诗意般的描述你，耳畔好像听到了一曲梵语的经音，感觉你在光明中站立，风声中站立，霞光中站立，预瞰今生的辽阔。别人说你时，我就充满好奇，仿佛看到了你畅意地挺立在自己的天际，悄然地舒展着独有的美丽。我心旷神怡，心驰神往，你美丽却不娇艳，柔弱却坚强不屈，保持着一种向上的姿态，用生命诠释着灵魂的皈依。

我想知道，你是盛开在雪山，或是草原，或是冰川？好像都不是。

格桑花，我不愿让你遗失在荒原。我多想摘取一朵吉祥的格桑花，送给我的爱。扎西德勒，你等着我！

终于，盼来一天，踏上茫茫高原的旅程，开始沿路寻找你——格桑花。我拨开沙枣和红柳，踏访雪莲和藏红花，甚至叩响了戈壁滩的芨芨草和一种叫骆驼刺儿堆的门，也没有找到你。我在心里，一遍遍想象着你的模样，沿着氧气稀薄的旷野，忍饥挨饿，一路颠簸，只为寻找你，可还是不见你的踪迹。但我坚信，你一定同雪域高原拥有一个灵魂，是山神赋予你们同样的灵性，你就在那个角落或原野在注视着我，等待我。

终于，在可可里西曲麻莱县境内，一条叫聂恰曲河的河畔，水晶一样的天空，无际的野花和野草映衬着遍野牛羊。山坡上有许多种颜色的花儿，黄色的、粉红色、火红色、青绿色的，还有各种各样形状的，有蝴蝶形状的，有边缘像齿轮的椭圆形状的，它们名品相竞，争妍斗奇，开得酣畅淋漓。

一位叫哈哈木的牧民告诉我，这些野花就是格桑花！我细细观察，原来，格桑花是一种生长在高原上最为普通的花种，花秆纤细，花瓣小，看上去有点弱不禁风的样子。

哈哈木的女儿瑞妮故丽说："你别看格桑花小巧，不起眼，但风越狂，它身越挺；雨越大，叶越青翠；太阳越曝晒，它开得越灿烂。"

格桑花无疑是美丽的，它随着季节更替，会魔幻般地变化着自己美丽的容颜。夏天，它身着一身素白的衣裳，如天降的仙子随风飘逸，舞动着娇柔的躯体；秋季，换成了红装，妩媚得如出嫁的新娘那般的可人，让高原彰显绚丽的画面。格桑花的骨子里是平实的，不需去呵护，在农舍边、小溪边、树林下、道路旁，到处都能看见它的身影……

格桑花喜爱高原的阳光，也耐得住雪域的风寒。它美丽而不失娇艳，柔弱但不失挺拔。"格桑"在藏语中是"美好时光"或"幸福"的意思，所以格桑花也叫幸福花。

"我终于找见了我心中思念，梦牵魂绕的格桑花！"

惊喜，让我激动不已，捧着一簇格桑花向天空高喊。

我的呐喊声惊动了哈哈木父女和他们的牛羊。

期盼了三十多年的格桑花，今天终于看见了！我又怎能不欣喜若狂？

看着眼前，这一朵朵缀满枝头的格桑花，美似仙女，一朵更比一朵艳丽。一望无垠，远接天边，成群的蝴蝶、蜜蜂在花丛中飞来飞去，实在是壮观，太美了！

哈哈木也是化龙山保护区的巡护人，他和他的同事们风里来，雨里去，顶风冒雪，用自己的脚步丈量着化龙山的春夏秋冬，守护着这片神圣的土地。

在草木萌芽的静谧里，我感受着阳光催生万物的巨大力量；在蜜蜂蝴蝶的窃窃私语中，我仿佛听见它们歌唱着鸟语花香的好时光。

化龙山的巡护人也是高原上最美丽、最圣洁的格桑花。他们在高原上养护公路，默默奉献，他们不正像格桑花一样绽放着生命的美丽吗？格桑花，我爱它的隐忍，爱它不畏艰苦的环境，爱它坚强朴实的淳美。风中，一股淡淡的幽香飘来，我陶醉在至真至纯中，陶醉在大自然的这一抹色彩里。

格桑花，你是藏族同胞心中圣洁的花，也是中华儿女心中圣洁的花！我要带一朵回家献给我的爱。

2019 年 10 月 27 日发表在《九天文化》第十期

做一株紫云英

　　出了校门，走下坡去，经过一段小路，再过一座吊桥就是小峪河。

　　这已经是下午四五点了，太阳还炙烤着大地。走在小峪河的大堤上，感觉像进了蒸笼里一般，还被强烈的太阳光照射得睁不开眼。河堤的水泥路面烫透了鞋底，脚都感觉到了热量，斜阳似乎穿透身体，雨后天晴，太阳就是这么劲爆。

　　平日久居深宅，坐惯了空调室，这一下子来到旷野，出来晒晒，沐一个太阳浴，燥热目眩，怡然自得，也是一种舒适。

　　河堤旁长满了花草，是一大片紫花，好像飘着的一层薄薄云霞。

　　远处，嫩茎上开着一朵朵的小紫花，偶尔夹杂着朵朵小白花、小红花。微风中，它们在碧绿的叶子上舞动着，仿佛给盛夏绘了一幅绚丽的画，此景亦浓浓地浸染了我的心扉。

　　朋友说："这一大片的紫花叫紫云英！"

　　"多美的名字！"我感叹道。

　　走过去，来到它们中间，紫云英游弋在碧草尖上，疏密有致，色彩斑斓，白色、红色、紫色，流光溢彩。红的小花恰似少女脸上的一抹绯红，再看斜坡上紫云英密集处，宛若纯朴的山妹子扎着的绿底碎花的头巾。

它让我想起了周作人《故乡的野菜》里的紫云英，看着如此渺小的山花汇成的一番壮观景致，使我对紫云英的认识更加清澈起来。

阡陌间的紫云英还有个俗气的名字，它叫燕子花，虽土气，花期也短，但却招人喜欢。紫云英对生与死的理解似乎更透彻，它一出生，就仿佛已经知道自己神圣的使命。正因如此，它才会在短暂的生命的时刻，活得那般热情而奔放，当生命消失的瞬间它又是那般从容淡定。它没有牡丹的富贵，也没有君子兰的矜持，没有松树的挺拔，更没有云杉的名贵。它就是一种默默无闻的微小植物，在百花齐放的春天，默默为大地绽放着自己的美丽。

一株小小的紫云英经历自然风雨的洗礼，亦有柔和春光的润泽，为大地默默地描绘出一片清雅明丽的风景！

顺着小峪河，漫步在它身旁的小路上，路的两边沟沟堑堑的，时有沙质的泥土显露出来，但总能看见这儿一撮、那儿几簇的淡淡的紫云英，似一阵风将它们吹来，不经意地落在那儿。

空气中散发着泥土气息，我不忍去采摘几株披戴着夕阳晚照的紫云英，因为，怕打扰了它的宁静，怕有人再来此而不能一睹它的芳容。其实，这小花绝不会如世人一般多虑，它只是在绽放自己而已。

走过一片嫩绿的柳树丛林间，有芦苇生长，星星点点的小花球如孩儿张张纯真的笑脸，萌萌地探出小脑袋像是惊奇有人从它身边走过。

忙碌的行人带着心中的牵挂，都迈着匆匆的脚步，投入大自然这博大、厚实的胸怀，去感受它的宽广与伟大，此时，宠辱皆忘，将早已疲惫的心抛到九霄云外。

我踏着流线型的沙纹走在河滩上，夕阳将我清瘦的身影拉长。忽然，一阵微风拂过，空中扬起薄薄的沙雾，这层层的沙纹便变得轻柔滑腻如丝绸，透着一丝神秘，我仿佛看到了丝绸之路，看到了商队驼铃镀着落日的红光，缓缓而行。

看看潺潺流淌的小峪河，和洒在它身上的余晖，我感慨万千：江河奔流不息，自己不过沧海一粟。借诗人问之："江畔何人初见月？江月何年初照人？人生代代无穷已，江月年年只相似。不知江月待何人，但见长江送流水。"

回过头来，再看一看夕阳下的紫云英，它的茎很长，叶子椭圆形，一朵紫云英有十几片花瓣，花瓣很小，紫红中略带白色。有的才展开几片花瓣；有的展开了所有的花瓣，露出紫红色的花朵；有的含苞欲放，有的还是绿色花苞。再闻一闻紫云英淡淡的香味，用手轻轻地触摸，花瓣很嫩很软，稍用力一捏，从花瓣中挤出了许多花粉，花粉是淡黄色的，夕阳下，更加灿烂耀眼。看着看着，仿佛觉得自己变成了一朵紫云英，穿着紫色的衣裳，无忧无虑，快乐无比。

来吧，做一株小小的紫云英。

（此文于 2021 年 10 月 8 日发表在《左江日报》）

一朵盛开的山百合

我喜欢上了美丽的山百合，那是我在大山里任教时候的事情。

高中毕业那年，经招聘考试，我当上了乡村教师，开始了我的教学生涯。

九月一日开学那天，阳光明媚，秋阳温暖地抚摸着山谷，我和分配到同校的五名教师一起，早早背起背包，提着简单的生活用品，一路上，大家翻山越岭，走过二十多里山路，蹚过十几条小河，终于到了这个离乡政府最为偏远的村办小学——白果村小学，时间已经是中午十二点。

村支书李大伯今天很兴奋，瞧他穿戴整齐，早早来到学校，打扫干净校园，便坐在校门口的大白果树下的石碾上等候着我们。老支书看见我们远远走来，便忙起身快步前来迎接，高兴地和我们打招呼，很热情地帮我们拿了部分行李，谈笑风生地与我们一起走进了校园。

这所校舍是一座四合院式的，红砖青瓦白墙围合，山大沟深，四面山环山，全村五个村民小组，八十九名学生都分居在四面山上，学校附近人家少，我们来了，也给这偏僻的山村带来了一些欢乐。

"娃娃的老师，你们来我们山里教学，条件艰苦，以后有啥困难，我会尽力帮助……"李支书客套几句，再交代完学校事情后就走了。我们几个老师便开始整理宿舍，再铺床，洗锅，生火，做饭。下午，学生陆续来到学校，我们开始报名。

上级安排我任学校校长一职。报名结束后，发现五个班，每班都各流失一名学生。了解情况后，第二天一放学，我便安排老师们由几个同学带路，分头下村到户，动员流失的学生返校上学，并要求给每位辍学的学生赠送一套学习用品。

我是教毕业班的课，本班辍学的是位女同学，叫林百合，十二岁，家住在五组。当天下午一放学，我在学生的带领下，越过一条沟，翻过一座山梁就到了林百合家中。孩子不在家，我了解到林百合的学习成绩一直很好，还想继续上学。但因前年她父亲砍柴掉入悬崖丧命，母亲改嫁，远走他乡。爷爷奶奶觉得家里条件差，经济困难，不让孩子读书，留在家中帮他们干家务活。针对此情况，我向孩子爷爷晓之以理，动之以情，讲解《义务教育法》相关条例，并当即表态减免孩子本学期学费。林爷爷同意了，林百合可以返校上学了。

我们刚进院子时没有在意，只顾完成任务。此时，环视四周，发现院子前的塄坎边、屋檐后都长着一大片盈盈的百合花。那些百合花，有的张开了洁白的笑脸，真美；有的开着两三片花瓣儿，半开的样子好像很害羞；也有含苞待放的花蕾，一点一点地试探着开，好像刚学走路的娃娃。百合花把她家的房舍掩映其中，正是"月映九微火，风吹百合香"！这一大片洁白的百合花，色泽如雪的花朵，新奇雅致的花姿，青翠娟秀的绿叶，亭亭玉立的茎秆，还有那淡淡的幽香，为这座简陋的土坯房增色添辉。

刚转过身，看见一个小姑娘背着背篓朝屋子走来。随行的同学介绍说，这就是林百合。她，小巧清秀，白净的瓜子脸，一双弯弯的柳叶眉下，镶嵌着一双闪闪发亮的黑黑的眸子。特别引人注目的是，她头上扎的马尾辫上还别着一朵美丽的百合花，身着蓝底白色小碎花的衣裳，满脸汗渍。显然，是她辛勤劳作而得到的那满背篓的猪草给留下的痕迹。

我赶紧迎上前帮小百合放下背篓，随她走进屋内，发现屋子很简陋，一个土炕占据了屋子近四分之一，旁边的锅灶旁是小百合的小床和一张旧桌子。

天色不早，我把送她的学习用品递给她，叮嘱了几句就返校了。

第二天，五位失学的学生均走进课堂，返校读书！

林百合同学学习很刻苦，成绩优秀，这学期期末全镇统考，她在五百多人中，竟然取得了第三名的好成绩。初中毕业后，她潜心厨艺，在镇上办起一家"百合餐馆"，经营有方，生意很火，小百合靠自己勤劳的双手和聪慧的头脑致富了！让年迈的爷爷奶奶过上了幸福的生活。

那年，因工作需要，我也被调去县城学校任教。临走那天，百合得知我被调走的消息，从三十多里外的"百合基地"赶到火车站，送给我一束娇艳的百合花和一袋如蒜瓣似的山百合，并对我说："老师，这是我投建的百合基地生产的山百合药，送给您，拿回去补补身子吧！老师，您真用得着。山百合药，具有润肺止咳、清心安神的作用。尤其是鲜百合的味道更甜美，常吃能养肺，养胃，特别对慢性咳嗽、肺结核、口舌生疮等病有很好的疗效。"

我接过那束盛开的百合花和那袋山百合药，百感交集。在火车启动时，她在站台跟随火车快步跑着，目送着我渐渐远去！我很激动，眼睛湿润了，透过朦胧的双眼，看到的似乎是那个穿着蓝底白色碎花衣裳，身背竹篓，头发上插着一朵百合花的小姑娘。她长大了！不但挑起养家之重任，还克服困难，自主创业，勤劳致富。

百合同学，你就是大山中一朵百合花，鲜艳美丽，新奇雅致，青翠隽秀，亭亭玉立，散发着淡淡的幽香；你历经风霜，历尽磨难，终于，走上了一条自力更生的勤劳创业之路，你真棒！

菊花的启示

那年冬天，我先是工作受阻，接着，又被查出患了肠癌。先生为我筹集的所有手术费又被小偷偷走。后来，在亲戚朋友解囊相助下，我才顺利做了手术。

整个冬天，心情糟透了，内心万般痛苦，是那株菊花启示我振作。

那次，我在病中，有朋友送来两盆菊花。两周后，我把枯萎的菊花扔在了屋后的一片空地上，来来往往路过的人，谁也不去理会。空地如巴掌大，却长满了野草，当然，还有荠荠菜、灰菜、蒲公英、婆婆丁，还长有许多狗尾巴草和碎小的黄花花、粉花花、蓝花花。照顾我的小妹一时兴起，采些野花来编成花环戴在头上，十分漂亮。她还采了许多蒲公英、灰灰菜，在开水里一滚，用凉水冰好，捞起滤干水分，掺和上红辣椒丝、葱姜蒜末、盐醋香油等，拌成红绿相间的凉菜。不用吃，只看一眼我就很享受了。吃一口香香的，脆生生的，酸辣爽口。再吃一口煮好的黄亮亮的玉米糁子，那口感真是美味至极！

邻居蔡婆婆也来空地拔猪草，采野菜。透过玻璃窗户，看见那块空地，竟多出了一大丛蓬蓬勃勃、生机盎然且金黄的、雪白的、粉嫩的、紫莹莹等五颜六色的菊花——这不正是我丢弃的那两盆吗？我哪想到，这谢了的花，似枯萎了的叶，经过风吹雨淋，阳光抚慰，如今它落地生根，在风雨中挺直腰板，努力生长。最终，它绿意盎然、生机勃勃，五彩缤纷，昭示它绝处逢生，柳暗花明又一村。我不禁佩服它顽强的精神，终于，它苦尽甘来，不忘初心，方得馨香满园。

"风一更，雨一程，秋风秋雨催寒冷。"转眼，已快冬季了，满世界百花凋零，万木萧条，唯有那两盆菊花冷艳，不慌不忙，不卑不亢，蓬勃绽放，朵朵花艳，我不禁夸道："好美啊！"就连平日不喜欢花的杨叔每当路过也会走来驻足赏菊，赞美它真顽强！

陈老哥是老山前线退伍的残疾军人。他是惜花之人，常拖着一条残疾的病腿，在隆冬小心翼翼收集花籽。第二年，临近清明，他在院边种下了一行行菊花和小青菜，并经常浇水，拔草。青菜吃了一茬又一茬，菊秧也渐渐长高。秋天，红的、黄的、紫的、白的、蓝的菊花傲霜怒放，五彩缤纷，千姿百态，美丽极了！陈老哥整天围绕着篱笆转悠，看见那绿油油的菠菜间夹着丰腴硕大的花朵，分外抢眼，他乐呵呵的脸上常常绽放出一朵盛开的菊花。

菊花，精神可嘉，愈寒冷，愈是冷艳迷人。村里的人把一株株黄菊采集来晒干煮水喝，可以消暑润嗓解渴。提起菊花的品质，我想起"梅、兰、竹、菊"，它们自古就是中国文人心目中的"四君子"，是中国文人人格和气节的写照，菊花开在荒野，独树一帜，不卑不亢，我打心眼佩服你！

过完年，一天，我打开窗户，嗅到了一缕花香扑鼻而来。是迎春花，黄灿灿一抹，一大片，在阳光下像极了金子，闪闪发光，熠熠生辉，照的我心也温暖起来，我知道，是春天来了！

冬天过去，是遗弃的菊花陪伴我，激励我克服困难，消除消极心理，鼓励我勇敢地走出绝境，踏进春天的门槛，迎接春天。

现在，我的病逐渐好了，心情也渐渐明朗多了。从此，我按时起床，锻炼，工作。

红园满地郁金香

郁金香是家乡广泛种植的花卉之一。每到郁金香花盛开的季节，邻村红园里一望无际的郁金香花，美不胜收，令人沉醉！

不觉已是阳春三月。走进红园，郁金香已经花开满园，黄的、红的、白的、紫的还有橙的，各有姿态，形象万千，如列队一般，整整齐齐，十分震撼！

郁金香悄然绽放，让寒冷望而却步，让桃花自叹不如，让海棠掩住了羞涩的娇颜，让辛夷花抖落一地……

来红园赏花的人，成群结队，络绎不绝，他们一边欣赏，一边不住地拍照留影，郁金香的花瓣掩映着人们的笑脸。

郁金香碧绿的叶子看上去很光滑，又长又弯，叶子中间伸出壮实的花茎，向上托起一朵娇美的花儿，宛如一位身披彩纱的花仙子，温婉迷人。郁金香花开得很含蓄，半开半闭，半遮半掩，给人一种内敛之美。郁金香花沾了花粉，看上去毛茸茸的，花瓣一层一层的，又像一只只典雅的高脚酒杯，每一片花瓣上的每一条纹络又像是独自出场，郁金香花开得太美艳了。

你瞧，红色的郁金香好像一团团火焰，在阳光下挺立着，周围被辉映得通红，在游人欣赏的目光里愈发光彩靓丽。粉红色的郁金香又似天边的红霞；黄的色泽莹润，瞧那金色的绒丝裹缠着玉体，韵味悠长；翠绿辉映着金色，在阳光下颇有玉树临风之范。

　　一株叫作领袖的郁金香，它的花瓣很大，粉里透白。一阵微风吹过，不住地点头，好像是在对游客自夸。一种叫格丽特沃克的郁金香，它花瓣的边沿是黄的，里面是大红的，茎又粗又壮，上面还有一根根小细毛，像落上了一层雪霜，美丽动人，真是讨人喜爱。这两种郁金香的香气与众不同，比起其他郁金香要浓郁得多，比香水清新，人们在它们身边流连忘返。

　　郁金香很美，花的橙红和叶的翠绿，让人想到青春和生命。一次，我将一枝被人折断的郁金花拿回家插在花瓶里，放些水，两天后，它蓦然长出一大截。难怪有人说，郁金香是一种神奇的花，有极强的生命力，不像别的花被剪枝后往往不会再生长了。而郁金香恰恰相反，剪枝后放在水里还可以继续生长。

　　郁金香的美，是一种脱俗的美，一种文化的典雅美，一种时尚的浪漫美。她的美丽会感染人，会感动人，让人震撼，使你无法抵御它的诱惑。

　　我不禁惊叹它有如此内敛的个性，一生只守候着一茎一叶，挺直了腰杆，昂首向天，花瓣紧裹着，厚厚的花瓣，质感十足。一阵微风拂过，倩影在微风里晃动，宛如身着旗袍的少妇，端庄贵气！

　　郁金香啊，你是写在季节里的一首诗，或是镶嵌在春风里的一幅画，有美丽的外表，美若彩虹，灿如朝霞，香似芝兰而幽韵，花比金杯而透明。观其形，顿感心旷神怡；闻其息，阵阵幽香透碧空。你没有玫瑰之浪漫，缺少牡丹之雍容，不如菡萏出污泥而不染，也不似秋菊披霜，红梅傲冬，不属高雅之佳卉，却颇具传奇之美名。我喜欢你极为高贵的品质，美而不媚，娇而不艳，骨子里蕴含着"花杰"之大气！

风中摇曳的马鞭草

　　七月，一个雨后初晴的清晨，天气略带凉爽，我受人之托，按计划陪同从北京来的一位朋友，驱车前往她曾经生产生活过的马蹄村，寻访当年的足迹。

　　我对这位朋友了解得不多，只知道她当年高中毕业，响应祖国的号召，作为首都的一名上山下乡知识青年，来到秦岭下的马蹄村插队落户。她在这里生活了五年，把青春献给了大山，今天故地重游，虽然是有备而来，但马蹄村的发展仍让她感慨万千。

　　车子一上路，就感觉气氛凝重。朋友没有了刚见面时的多言、活泼，她把手提包一直拿在手里，不肯放下。

　　行至马蹄村，在热心人的指引下，我们来到了马蹄村村委会的驻地，和村干部们寒暄了几句，朋友就说想要去的山坳，之后便无多言。这个村的干部是年轻人，或不是当地人，对我的这位朋友并没有什么印象，所以只是告诉我们要去的位置怎么走。我们按照指导，又驱车走了一段公路，然后停车，步行前往。公路两边高大的白杨树，是蓝天白云下的一道风景线。

步行的这段山路远离街区，这里没有喧嚣，只有宁静。蓝天白云下，山坡上生长的蓝紫色的马鞭草在风中摇曳，马鞭草上长着一朵朵小小的、蓝紫色的花儿，开满一山岗又一山岗，颇有气势。

北京的朋友开口了，说："离开村子三十多年了，没想到，现在的乡村真美，就像普罗旺斯的薰衣草庄园。"

我的注意力在马鞭草上，对她说的话只是随声附和。我走向马鞭草，用手分开有些凌乱的马鞭草的躯干，来到花丛中，张开双臂，拥抱蓝天。微风夹带着淡淡的花香，令人陶醉，似乎觉得自己融入花海，也成为一朵蓝紫色的花，周围毫无修饰，呈现着的是返璞归真、朴素原始的生态之美。

不远处，一座座灰瓦白墙的欧派建筑房屋，是新农村建设的移民新村，一排排，一行行，整齐地坐落在那片平地上，还有几处典雅仿古的小木楼。山乡新居，蓝紫色的花海，在蓝天白云下，又是一幅美景。

终于走到了一个山坳，在一个小小的土丘前，朋友停住了脚步，站立了很久，注目了很久，然后在一块写有高天名字的墓碑前蹲下身去，打开手提包，拿出祭品，摆放整齐，默默焚香。

这令我愕然！

原来，这个坟茔之中，安放着她的初恋情人——高天。朋友这次从北京赶来，就是想在有生之年来看看这片土地，看看这片土地之下的他！

据她说，高天是和她一同从北京来这里插队的同学。共同的经历，共同的劳动，使他们走到了一起。这里的土地，流淌着他俩共同的汗水，这里的大山，见证了他俩的爱情！他俩曾经共撑着一把伞，手挽手，肩并肩，在夕阳下，在细雨中，漫步在这片蓝紫色的马鞭草地上，拥坐在蓝紫色的花堆旁，他们沉浸在浪漫爱情的长河中，憧憬着共同的理想。

1978 年的这天，他和她又一次漫步在山坡边，他对她说，他马上要回北京了，之后再去法国看望他病危的祖父，然后马上回到这里，与她一起学习，参加明年的高考。

　　说话间，远处传来"救命"的呼喊。原来马蹄河上游局部雷阵雨，山洪暴发，泥石流和洪水奔涌而下，一个小孩被山洪冲进河中，见此情景，高天奋不顾身，赶到河边，跃身跳入湍急的水中。落水小孩得救了，然而，高天却被汹涌的山洪夺去了年轻的生命。

　　公社为他举行了隆重的葬礼，之后把她送回了北京。

　　……

　　良久之后，走过来一位老者。他是马蹄村的江米大叔，江米大叔是这件往事的见证者，也是她这次要寻访的故人。江米大叔是他俩在当地共同的朋友，高天的墓茔也由江米大叔一直照看着。

　　斜阳余晖，踏上归程。

　　远处，一群孩子，在愉快地玩耍。

　　又走过马蹄河边，走过这蓝紫色的马鞭草旁，马鞭草上飞落着很多蝴蝶。我想，摇曳的马鞭草，你是他的化身吧！

　　　　　　　　（此文于 2021 年 8 月 13 日发表在《番禺日报》）

氤氲在记忆深处的薰衣草

七月，骄阳似火。周末，打算去城郊十几里外的乡村避暑，那里有好玩的薰衣草庄园。

行之将至，远远就看到一片紫色的花海。走近，纯纯的紫色薰衣草花在风中翩翩起舞。它的广袤一望无际，在蓝天之下，像是触及白云之唇；它的飘逸像是大海里涌起的一层又一层波浪。它是至善至美的人间仙境，把远方的游客召唤而至！

紫色花序颀长秀丽，其叶形花色优美典雅，花海如潮。徜徉在薰衣草的花海之中，让我想起了《一帘幽梦》中紫菱居住的法国城堡。想起了在阳光下她在紫色的薰衣草庄园一跃一跃的调皮身影，她在庄园埋下了一颗爱情的种子，那一片静静的紫色薰衣草，跟着她一起等待着她的爱人。可眼前的薰衣草花啊，你是谁，你又在等待着谁的爱情？

抚摸一枝薰衣草花，勾起我一段美好的记忆。

那也是一个薰衣草花开得最美的季节，因工作需要，学校安排我去邻村的教学点代课。这个教学点规模很小，只有十二名学生，一位老师。

我来就是顶替这位老师一段时间的。因为是山区学校，大多数学生离家较远，为了让学生早点回家，下午两点四十分就放学了，临离校前，我向学生交代了路上应该注意的安全事项。同学们一听到放学的哨音，立即背起书包，像一只只欢快的小鸟，迫不及待地飞向鸟巢——大山深处各自的家。

孩子们走了，校园里只剩下我，寂寞之余，唯一能做的就是拿起笔和笔记本，去前面的山坡散步，赏景，同时记录下一些闪现的灵感。

一日，我欣喜若狂。因为，我看见了大山中的一片微微的花草，是薰衣草，它拖着绿绿的长蔓，擎着紫色的花朵，舞在风中，散发着缕缕芳馨。我一时精神起来，托起草蔓，深深地吸了一口浓浓的薰衣草花香气，一股花香沁入心脾。观察许久，我幻想着能有更多更广的薰衣草出现。学校周围，漫山遍野都是一片紫色的海洋，自己戴上紫色的花冠，在这花海里穿梭、奔跑，让薰衣草永久灿烂馨香，不让风雨碰碎，不让季节扰乱……

因为这片新大陆的发现，我每天前往赏花。夕阳下，我站在薰衣草中，张开双臂尽情地呼吸着薰衣草的花香，感觉自己的青春也多了色彩。

"老师，我妈妈病了，头疼得很，我爸爸和哥哥都不在家，我害怕……"毫无觉察，班上的一个学生，春牙子来到我的身后，焦急地对我说。

再见吧，薰衣草！我随春牙子去了他家，和他一起把他妈妈送到村卫生所，医生做了治疗之后，再送他们回家时已是晚上，山里的夜鸟在叫，"咕咕咕""滋滋滋""咯咯咯"，叫声也为我们壮胆。春牙子在前面打着手电，我搀扶着他母亲，一路上高一脚低一脚，摇摇晃晃，半小时后，我们终于来到了他的家里。我当晚没有回学校，和春牙子一起熬药、喂药，一直守候着他的母亲！

春牙子母亲生病这件事，让春牙子一下子长大成人了，懂事了，春

157

牙子比之前踏实认真了，学习进步很快，期末考试，春牙子居然语文、数学两门功课都得了满分。

学期末，我填写完学生的成绩通知书，想着就要离开这里，也许，下学期不会再来，趁着天色还早，就去和那片迷人的薰衣草告个别吧。

站在这紫色之间，我文思如泉涌一般，吟诵出一首《追梦》。

  陌上的勃勃生机

  一片紫蓝

  你　拖着莹莹的裙纱

  在风中奔跑

  是在追梦吧

  我从远处而来

  吮吸一抹暖意

  镶于岁月之中

  让一个梦

  可以端凝　在指尖嫣然

"好诗！"一个浑厚的男声传来。回头看时，一身绿色的军装，一个英俊魁梧的军人和春牙子一起。他说他是春牙子的哥哥，刚从部队回家探亲，他今天是特意赶来，感谢我照顾他生病的母亲和春牙子的。

他还请我明天中午去他家吃饭，说是他母亲的邀请。

第二天，在他家，一顿山乡美味之后，春牙子采来一束薰衣草花送给我。他哥骑着一辆擦得亮亮的自行车，我手持着这束紫色火焰，坐在他的身后，离开这个学校、这个山村。

山丹丹开花红艳艳

　　山丹丹花是马兰花的一种，现在是山西省吕梁市的市花。花很美，也很诱人，一年开一次，花型较小，有的一株上绽放多达七八朵，有杏黄或杏红色的，差不多可与"君子兰"媲美，极个别的开白色花，格外水灵、漂亮，具有一种神奇的美，多生长于我国北部。瞧，我家乡的山坡上，满是红艳艳的山丹丹花。不过，我们这儿还管它叫"簪簪花"。它善于长在半山崖，草丛中的那一点鲜红便是簪簪花。它的幼苗和杂草毫无区别，一旦开花，周围的一切都成了它的背景。簪簪花有六个花瓣，总是向外翻翘着，花瓣中伸出几支花蕊，每个花蕊上还顶着一粒或几粒花粉。调皮的妹妹总是喜欢悄悄地将花粉抹在脸上，像抹了胭脂般红润，本地婶婶们总是采来花瓣做菜汤吃，味道馨香，特别鲜美。

　　"山丹丹的那个开花哟，红艳艳，毛主席领导咱，打江山……"一曲耳熟能详的红色歌曲仿佛又把我带到了那个热血沸腾，心潮澎湃的年代。

　　"夕阳辉耀着山头的塔影，月色映照着河边的流萤。宝塔巍峨，延河水长，我们又仿佛回到了那个梦牵魂绕的地方……"

它是由李若冰等作词、刘烽作曲、贠恩凤原唱的。后被众多艺术家演唱，70 年代唱遍祖国大江南北的一首红歌。也是 2003 年中央电视台拍摄的，大型电视连续剧《延安颂》片尾的主题歌。每当听到这首歌，我就想起红军、想起千千万万个为中国的解放事业而英勇牺牲的解放军战士们；想起如今在每次重大灾害中，为抢救人们的生命和财产安全牺牲的所有军人。

我崇拜、敬仰军人，那是从小时候就有的情怀。

当时，我们村子被 05 国防厂包围着。那阵子厂子里许多人都身着军装，头戴军帽，帽沿上红色的五角星熠熠生辉。他们英姿飒爽，魁梧高大。厂子里高大宽敞的礼堂，每天晚上都放映抗日战争、解放战争的影片。像黄继光、邱少云、董存瑞等英雄的形象早已深深地在我的心中扎下了根。那时，军人已成为那个时代人们崇拜的偶像。

小学毕业时，班上有一位同学的父亲曾在抗美援朝时当过团长。胆大的我和班上几个小女生，居然斗胆去借他爸的军装，穿上照相留念。呵呵，瞧，一个个小小的女军官，多威武！多神气！

初中毕业后，班上的几位男生都参军去了，我从师范学校毕业后，当了一名小学教师。三年后，去部队当兵的同学，除了一直与我有书信往来的春子被提干留在了部队，其他人都复员回家了。春子高高瘦瘦的，穿一身草绿色的军装，显得英俊潇洒。

不久，我收到春子的来信，信中他给我寄了一张穿军装的照片，信里还有朦胧的爱意。可是，不久他去了老山前线，在一次战斗中，他和战友冲上去，打退了进攻的敌人，可在这次战斗之后，春子再也没能爬起来，身下流淌着的鲜血染红了一大片草地，也染红了他身旁的那片山丹丹花儿。

这是和春子关系最好的战友来信对我说的。我简直不敢相信这是真的，眼泪扑簌簌直往外涌，多好的同学，多好的军人，他才 21 岁，生命却永远定格在那青春萌动的一刻。

以后，我真的再也没有能够接到他的来信，我这才终于相信，他真的离开我们了。永远地走了！他的躯体永远留在了老山，永远留在了开满红艳艳的山丹丹花的战场上！但，他的灵魂永存，他永远活在了人们的心里！

战争是残酷的，子弹没长眼睛，我思念我的同学春子，敬仰所有的在战斗中为祖国英勇捐躯的英雄们！怀念那些在和平年代，在洪水中、在地震中、在一次次与歹徒搏斗中，为抢救人民生命和财产而英勇牺牲的解放军官兵，祖国和人民都不会忘记他们，他们高大的形象将永远地活在我们的心中！

若要问我喜爱什么花？我就喜爱山丹丹花，它能观赏，能当菜吃，特别是它象征着不怕牺牲、勇敢坚强的中国军人，它是不怕牺牲的中国英雄军人的魂。

我又唱起来："山丹丹的那个开花哟，红艳艳……"

鸢尾花，悄然绽放

老家的小院墙内，沿着墙根种植了一圈的鸢尾花。我每次回去，都要先去看看它们，多年来，这个习惯一直未改。

几年前，我回了一趟老家。为了能在家多待一天，深夜两点，我坐上了回家的火车，凌晨五点又改乘班车，下班车后，再步行一段蜿蜒的山路，大约八点多钟赶到家中。

那天，我提着礼包走在"人间四月芳菲尽"的路上，空气格外清新。抬眼望去，见路旁那一片池塘中，茂盛的芦苇和满池的蒌蒿在风中不停地摇曳，使我倍感亲切，它们那翠绿的身姿好似在我的心底激荡，泛起几多往事的涟漪。当时，我正为苏轼"蒌蒿满地芦芽短，正是河豚欲上时"的诗句感慨时，在小路旁，不经意间却发现了鸢尾花。鸢尾花宽厚的叶儿，蓝色的花瓣儿，晶莹的露珠儿，身旁还有许多不知名的小花儿。乡间的小路，初见那一抹蓝，只一眼，便入了心。

我悄悄地向它靠近，轻轻蹲下身，就这么静静地欣赏着它。静赏中，我竟然有些沉醉了。春天的风，轻轻地吹拂着我额前的刘海儿，一如眼前这一朵朵鸢尾蓝，有的还是花骨朵儿，有的正含苞欲开，有的则正悄然绽放，似乎它也和我一样，羞赧了呢。

"带你回家，好吗？"我自言自语地说。风中，它摇曳的样子，像是欣然点头，表示同意，于是，我提着礼物，飞也似地赶往家中。

我家就在这小池塘的后面，下了公路就可以看见我家的红色大门。二妈早已在门口等着了，只见她满是深深皱纹的脸上，绽放着慈祥的笑容。

到家后，我就去门后，拿了一把铁锹，径直向池塘走去。

我把那棵鸢尾花带回家中，安置在墙角，施了肥，浇了水。就这样，这株鸢尾花便来到了我的农家小院中。

这几年，经过二妈的细心打理，那棵鸢尾花已经繁殖生长出很多很多了。每年一到四月底五月初，它们就围着院子竞相开放，散发出淡淡雅香。而我每年都要回去一次，看看家人，还有那一抹蓝香。

鸢尾花，别名蓝蝴蝶、扁竹花、中国鸢尾、鸭子花、蝴蝶兰、爱丽丝。在我的老家，人们都习惯把它称为鸭子花，也有人称之为扁竹。我喜欢叫它蝴蝶兰，一如初见时，池塘边，春风里，蝶舞芳菲，寂静而欢喜。

起初，我并不知道养了五年多的鸢尾是怎么开花的。

一次，回老家，一时兴起，就移栽了一盆鸢尾花端回城里的家。那天要上习作课，观察一种植物，我就和同学们一起，把它搬去了教室。

那天一早，我去上班。一进教室，我就发现气氛和往常不太一样！我发现后面的同学都睁着大眼睛，伸着脖子往前面讲台上看。我顺着他们的目光也往前看，原来班长把原本放在窗台上的鸢尾花搬到了讲台上。再仔细瞧瞧，鸢尾花长长的枝条上竟顶着一个水滴形的白色的花骨朵儿。

早自习，孩子们背完《中华经典诵读》中已学过的古诗后，我就让大家观察鸢尾花，然后写一篇观察日记。于是，我就安排一个小组一个小组，轮流到讲台上观察鸢尾花。孩子们轮流走上前，仔细打量着这盆鸢尾花。我也和孩子们一样，静静地看着鸢尾花，我们惊喜地发现，花骨朵儿上挂着晶莹剔透的水珠，像钻石般闪亮。正在这时，一片花瓣突然展开了，露出了一半紫色，一半黄色，又似虎皮斑花纹的小花瓣。同学们都大声地呼喊着，叫嚷着："开了，开了，花儿开了！"

过了大概有十分钟左右的时间，另外那两片紧紧抱在一起的花瓣突然也绽放开了，我的眼睛眨都没敢眨一下，紧紧地盯着那花瓣。我张大了嘴巴，惊呆了。随后，我也跟着同学们一起鼓掌并尖叫起来："开了，全开了！"我太激动了，它就在我和孩子们的眼前完全地绽放了！

我爱你——鸢尾花！我不由得诗意盎然，轻吟一首《鸢尾花》："蓝色妖姬飞舞灿，轻盈蝶韵气如兰。射鸢一辩空中啸，花萼三枚赋剑繁。"

我欣赏着，那美丽的鸢尾花，它像一只只翩翩起舞的蓝蝴蝶，它让我看到了它美丽绽放的过程，也让我记录了这一段美好的瞬间！

花草有情

赏花是我的一大爱好，自从给学生讲了老舍的作品《养花》之后，我就开始喜欢上了种花。通过种花找寻有喜有忧、有笑有泪、有花有果、有香有色的恬淡感觉。乔迁新居的第一件事，便是请花先入。

我挑选了吊兰、龟背竹、长寿花、月季、蟹爪莲、虎皮兰等花草。这些花草好种易活，好养好护，我把它们安置在了阳台和窗台上。爱人说，得种两种名贵花种，选寓意比较好的花卉，在家里有镇宅的作用，也显阔气。我欣然同意了。我把爱人带到花卉市场，看来看去，选了三盆易养又寓意好的花草：君子兰、黄杨树和金弹子。卖花的李师傅说："君子兰象征着富贵吉祥、繁荣昌盛和幸福美满。"他笑着继续说："黄杨树和金弹子这两种植物的寓意都是很好的，它们的最大特点就是好养，枝干比较好看，养久了枝条就木质化，这时，只要多浇水，它们就能够生长得很好。"

欣赏着摆放在家里的新贵，心花怒放，暗下决心，不出一年，让家变成"森林王国"。

可是，工作一忙，花草景致就又疏于养护了。回过神来的时候，原本枝繁叶茂、娇艳无比的花花草草，有的耷拉着脑袋，有的垂头丧气，甚至憔悴不堪，枯枝败叶。看着干涸的花盆，我伤心起来了，我的"森林王国"呢？

生日那天，表妹送来一盆"发财树"，以示生日祝福。我把它看得很宝贵，放在高高的花架上，隔三五天，我就来看看，浇浇水，搬去晒晒太阳。结果，不到一个月，它也叶子枯黄了，我暗自生气、自责，难道我连棵花草都养不活吗？

不久，妹妹又送我两盆绿萝，说绿萝好养，只需记得浇水就行。我记住妹妹的话，每次用做饭时的淘米水浇灌它，阳光明媚的日子，还搬去护栏外，让它晒晒太阳，可绿萝还是莫名其妙地蔫了。打电话询问，妹妹说绿萝不喜欢强烈的阳光，更不能频繁暴晒。听了妹妹的指导，我又把绿萝请回了家。

一段时间，学校的办公室也要求配置花草，以陶冶情操，美化环境。单位统一购回了一批盆栽，规定每室每人必须领养一种。同事们兴致勃勃地领养了自己喜欢的花草，我领的是富贵竹，准备水养。找来一个玻璃花瓶，接上自来水，把竹子插进去。

可没过几天，富贵竹黄了，同室的李老师告诉我："自来水里有氯气，会把竹子杀死的，最好用纯净水或凉开水。"养一棵竹子还有这么多学问啊？我伸伸舌头，赶紧换水。李老师又说："得把竹子根部剪成一个斜叉，插进花瓶里。养花草就像养孩子，要有耐心，要了解它们的秉性，还要和它们交流。"我照着她说的方法做了。过了段时间，富贵竹的叶子又绿了起来，也精神了起来，我这才松了口气。

桌上摆着竹子，心情也变成了绿色。久坐在电脑前，腰酸背痛，眼睛发胀，抬眼看看竹子，每一片竹叶都绿得鲜亮，轻轻拭去竹叶上的细灰，仿佛也拭去了我满身的疲惫。有时，我敲敲花瓶壁，忍不住问："小竹竹，你什么时候长根须啊？"

李老师笑着说："你这样催它们，它们会着急的。"

"它们能听懂我的话？"我笑着说。

李老师一本正经地说："植物和人类一样，也是有感情的。每天看看它，摸摸它，和它说说话，它就会感受到你的重视，它也会心情愉悦，枝枝叶叶都舒展开来。否则，它就会闷闷不乐，没有精神的。"我点点头，有些相信。

出差调研几天回来，打开办公室，我大惊失色。花瓶里的竹子又蔫头耷脑，竹叶也不似往日的翠活，几片叶尖已发黄，提起一看，竹身黏糊糊的，瓶子里的水也浑浊浊的，还有一股异味。我赶快把发黄的叶子去掉，把竹子洗干净，重新掺进凉开水，再插进花瓶里，并加入一袋花草专用营养液。

我又开始每天注意观察竹子叶子的变化，保持着花瓶里的水清澈明亮，我还拿湿毛巾给它擦拭叶片，轻轻抚着竹叶，并友善地对它说："小宝宝快快长大"，我甚至给它唱歌。一个星期后，竹子缓过劲来，叶子恢复了以前的苍翠，我悬着的心终于落地了。

一天，我照例用湿毛巾擦拭竹叶，发现一支竹子的根部冒出一个小白牙，我激动地大叫起来："竹子长根了！"李老师走过来，看了看，满脸堆笑。细细地观察，发现每一支竹子的根部都有一个米粒大小，圆圆的、嫩嫩的白点点，它们在清亮亮的水中格外明显，竹头的枝枝叶叶也随风摇曳起来，漾起一室绿意。

养花也是一门技艺，一花一养，我精心地打理着每种花草。一年后，我的花儿都长好了，"森林王国"终于实现了。

（此文于 2019 年 7 月 28 日发表在越南《西贡解放日报》）

千亩荷塘旖旎流芳

趁着晨露未干，我便迫不及待地投入到荷香四溢的花海。

那千亩荷塘，最抢眼的是那一池池大大小小的荷花，白的如雪，粉红似霞，形态万千，争奇斗艳。有的还是花骨朵，有的正含苞欲放，朵朵菡萏正与太阳一起，尽绽笑颜；有的花瓣全展开了，或是粉黛红颜，亭亭玉立，或是洁白玉面，出淤泥而不染，亦或是含羞低眉，正与飞来的蜻蜓在花间共舞，与飞舞的蝴蝶呢喃缠绵。

那硕大的荷叶似玉盘，肩并着肩，相依相偎，叶盘交界处，宛如一道凝碧的波痕，无论明暗，都绿得那么养眼，连成碧绿汪洋的一片。荷叶托着亭亭玉立的荷花，如绿纱托着红缎，漂浮在清澈平静的湖面，令人眼前一亮，甚是壮观。

观赏荷花的游客也奇多无比，游走在一条条荷塘幽径中，络绎不绝，川流不息。

眼前，一群身着旗袍的女子，也从千亩荷塘深处，踏歌一曲，款款而来，微风拂过，襟飘带舞，满塘荷香。她们身穿娇艳迷人的旗袍，手撑着油布伞。我喜欢她们娇艳的姿色，喜欢她们古典式衣裙中蕴含的惊艳，远远看去，美如天仙，犹如云锦，一抹艳丽，迷醉人眼，为荷塘增添了一道亮丽的风景线。我想，她们应是经历了三千年的穿越，风骨犹存，又似梦里荷花，重返故乡！

莲啊，难怪赞美你的文人雅士层出不穷！你看，远处茅亭中那些文人骚客，他们正挥毫泼墨，欲将你的娉婷之姿绘入丹青画卷，欲将你独有的美，填入诗词歌赋，流芳百年。

我想起了王昌龄的"荷叶罗裙一色裁，芙蓉向脸两边开。乱入池中看不见，闻歌始觉有人来。"清代石涛的"荷叶五寸荷花娇，贴波不碍画船摇。相到薰风四五月，也能遮却美人腰。"还有晋乐府"青荷盖绿水，芙蓉披红鲜。下有并根藕，上有并头莲。"还有那首《莲的心事》听着就让人心醉、缠绵。潘天寿、鲁石、齐白石的荷花都画得出神入化，栩栩如生，很著名。荷花的妩媚曾使多少文人墨客为你倾倒，拜在你的门下。

荷啊，多少年来，你一如既往，艳丽地开放在我心中的池塘。哪怕是秋风萧瑟的时候，你仍是那么柔嫩芬芳，或洁白，或粉红色的花瓣，似一张张少女秀气俊俏的脸，那上面滚动的晶莹露珠，莫不是你脉脉含情的双眼？风中微微摇曳的花枝，满含柔情和蜜意。我这么痴恋，这是为什么呢？今天，我要悄悄地告诉你，原因很简单，我是一个出生在莲花盛开时的女子，父母赐予我的乳名与你有关！

此刻，我多想坐上那一条小船，在百里画廊，在美丽的荷乡赏荷，那将会别有一番韵味吧。你那茫茫碧水一湾，田田荷叶接连着蓝天，礼乐中悠悠荡漾着一曲《莲的心事》，粉黛芙蓉，我仿佛看到了"藕田成片傍湖边，隐约花红点点连。三五小船撑将去，歌声嘹亮赋采莲。"采莲女子的脸颊，在阳光下，泛起一抹娇羞的虹霓，宛若天仙下凡，迷醉了人眼，那其中最靓丽的女子一定是我！

我独自再前行。在另一湾荷塘，我看到了一片残荷，荷叶凋零得七零八落，以枯萎的姿势斜斜地立在池塘，我不由得过去抚摸她，却让我看到了粒粒饱胀的莲子，她依然奇美无比，是荷孕育了颗颗莲子的成熟，更孕育了藕的壮硕。我感叹，荷啊，你并未随岁月的流逝而衰老，也并未随季节的变换而凋零。你是要将你的馥郁芳香、滋补美味永远流芳。你花虽凋零，但你丽色天姿，风韵气质，依然时时唤起我爱的缱绻。

荷啊，我们要返程了，再回望你百里画廊、千亩荷塘，你的艳丽奇景令我难忘！我相信，你的亮丽也一定会永远在每位游客心中旖旎流芳。

（此文于 2016 年 10 月 12 日发表在陕西《宝鸡日报》副刊）

火红的沙棘花

有一首美妙的歌，歌词是这样写的："沙棘没有青松挺拔，没有白杨潇洒，但荒漠风沙无所惧，身在乱石把根扎，沙棘果沙棘花，花开白如雪，满枝金娃娃。乌斯浑河畔添绿洲，好美一幅画。"

三十年前的那个五一，我和二哥随姨父去晋西北他的亲戚家，还参观了当年抗战的遗迹。那天，我们先坐火车，又改乘班车。过了一山又一山，满眼望去，尽是黄土黄沙，连一棵树都没有，无边的荒漠，令人顿生孤寂和落魄感。正在我感叹时，姨夫说小镇到了，该下车步行了！

小镇不大，我们在小镇里的一家饭店各吃了一碗面就赶路了，因为，他怕天黑走不到亲戚家。我们挎着包包，在荒漠的路上走着，不知走了多久的路。

"花，火红的花！"正当我疲乏不堪时，突然看见沙丘河谷中出现了花。姨父告诉我，那就是沙棘花，晋西北地区普通而又特别的花木！

这里的沙棘花一树又一树，火一样的红，给沉寂的黄土岭注入了生命的活力。层层叠叠的沙棘花，一层包着一层，一瓣贴着一瓣，有序地排列着，红红的，一队又一队，一列又一列，像是列队。

沙棘花的枝干粗壮挺直，上面长着棘刺，叶子细长稠密，首尾略尖。为了能在缺水的环境中生存，它把根深深地扎在沙土之中，长达几十米，向着有水的地方延伸，仿佛向大地昭示着生命的顽强。

姨父的亲戚是他们村的村支书。村支书第二天给我们讲述了那里发生的抗战故事：一个沙棘花盛开的季节，一队抗日武装与一股日军在此遭遇，抗日英雄们在沙棘花林与敌人展开了战斗。战士们用沙棘花做掩体，用沙棘花秆做梭镖，用沙棘针刺摆沙棘阵，用沙棘花掩盖挖设的陷阱，进行声东击西的战术，终于打退了敌人。

惨遭失败的日本鬼子不甘心失败的事实，调来大炮，炸平了这片沙棘花海和这个村庄。

沙棘花海被毁了，沙棘花树被烧了，但沙棘花的树根仍深深地扎在这片土地上！

"野火烧不尽，春风吹又生。"春天来了，漫山遍野的沙棘花树，又顽强地从土里生长出来。躲过敌人屠刀的猎人花大叔及几名抗日队员们，凭借着自己坚强的毅力，靠吃沙棘果活了下来。

又是沙棘花开的时节，花大叔带领幸存者悄悄潜伏回来，靠他们的沉着、机智和勇敢，再次与敌人展开战斗，终于将盘踞在这里的数十名日军一举消灭。一个日军士兵掉入沙棘花掩盖的陷阱中，被一束束沙棘刺伤，最后自尽身亡。

这个战斗故事广泛流传，后来就有了"三个日本人，斗不过一个沙棘人"的说法。

听闻故事，我摘下了一枝火红的沙棘花，感慨万千。沙棘花，是坚强不屈、守土抗日的英雄之花！它扎根孤寂的荒漠，给寒春以橙黄色，给酷暑以葱绿色，给寒冬以火红色。沙棘花，你是黄土岭的生命之花，面对强敌，誓不低头，是抗战英雄火红的精神之花！

（此文于 2019 年 7 月 27 日发表在《牛城晚报》）

第四辑 谷草芳馨

春天，几处早莺争暖树；夏天，百草丰茂，千山一碧；秋天，虫鸣鸟叫，果实飘香。让我们春种一粒粟，秋成万颗子，滚滚麦浪，五谷芳馨。尽品一粥一饭当思来之不易，半丝半缕恒念物力维艰，体念种田人的辛苦。在黄连、柴胡苦味中，感恩那一股淡淡的药草香，能救人危难，还人们健康体魄。人生百态，世界因生命而精彩，定当珍惜一草一木一花一粟。

黄连苦中有"甜"

　　黄连，味苦清火。我一旦上火，就会去药店买些黄连泡水喝。并推荐我的朋友同事们喝，让他们祛火，但他们都说太苦，不愿喝。

　　黄连是一味中医良药，它盛产于我国的四川、贵州、湖南、湖北，还有陕西南部，有野生的，也有人工栽培的。它喜欢阴凉，一般在海拔1000—1900米的山谷密林中生长。黄连别名味连、川连、鸡爪连，属毛茛科，属多年生草本植物，叶基徨，坚纸质，卵状三角形，三全裂，中央裂片卵状菱形，羽状深裂。它的整个根、茎、叶，都是被"苦"浸透了的。无须去尝，不必去咀嚼，"苦"字就概括总结了它全部的生命。

　　只要一提到黄连，没有人不马上联想到浓浓的苦味。要是谁很不幸，日子过得不好，大家会说："这人的命比黄连还苦！"

　　再看看黄连树，它叶儿的边沿长有像锯齿形状细密的刺，人一见着它，就会有些望而生畏。加上黄连周身散发出来的苦，是它和人们关系疏远的一个主要原因。然而，黄连到底有多苦，苦到什么程度，却难以描述，但从"哑巴吃黄连，有苦说不出"这句歇后语便能想出黄连"苦"

的情形。感觉，那种苦是苦到最深，苦到家，苦到人的骨子里的。

可是，黄连也有被人感激的品格。

这么苦的黄连，却有它善良的一面。它具有清热燥湿、泻火解毒之功效。因此，它跻身草药行列，承担着解除病痛、治病救人的重任，既能抗菌消炎，又能开胃健脾，还给人以健康的体魄，这算是功德无量，令人仰视。这么苦的黄连，却给人带来新的希望，让自己的苦先苦病人的肠胃，再换回病人健康的身体，达到以苦攻苦，以苦换甜的功效。真是太神奇了！印证了"良药苦口利于病，忠言逆耳利于行"这句名言。这也算是黄连带给人们的启示吧！

记忆深藏在时间的折缝里，时时在某个特定场景里再次浮现于脑海，于我来说，黄连的苦，是沉淀在岁月中的一份甘甜。

年幼时，家里姊妹们多，柴米油盐都成问题，有时候日子清苦到步履维艰，生病了也没钱看。那时感冒上火是小事，懂医术的父母基本不管，只让我们弄些姜烧黑和橘子皮熬药治感冒，黄连泡开水喝了治泻火。

故乡的夏天是炎热的，而对我们祖籍湖南的人来说，吃辣椒是全家人的嗜好，所以常常上火，严重时，口舌生疮，咽口水都疼。一次，父亲带回一大包晒干的黄连药片。一大早，母亲便烧了开水，往茶盅里放上几块黄连片儿，就连开水瓶里也放入几片黄连片儿。瓷茶盅，加印上一朵朵盛开的牡丹花，寓意着生活的美好。茶盅的开水中，飘浮着几片泡开的黄连药片，真像花儿绽放在水中一样，沉浮，交融，药效融入水中，黄连静静地躺在茶盅里，水变成了淡黄色，仿佛几块沉静透明发亮的琥珀，看着很美！

年幼的我和妹妹那次都上火了，看到黄连泡了之后，晶莹剔透，亮闪闪的，还蛮好看，以为好喝，就抱着茶盅一咕噜一大口。入口，苦味瞬间在舌头味蕾蔓延开来："苦……"我和妹妹一口就吐了出来。父亲说：

"黄连虽苦，但它能祛火治病，喝了对身体好。糖虽甜，可它却不能治病，快喝了！"听到父亲的话，我们眯着眼，一口气喝了下去，第二天，火就降下去了。从那以后，我家的开水瓶里就不再是白开水了。好在那年月，一家人没啥大病，父亲靠做完农活，给附近的工厂做点小工，为周围人看看病，换些小钱用来买盐、买灯油及茶叶等生活用品，勉强度过那些艰难的日子。

我们小孩子在假期中，除了干一些力所能及的家务活，就是上山挖药材，当然黄连也在其中，然后，晒干卖了，换些钱，交学费、买本子和笔。有时候还能余下一点钱，就给家里买两斤盐，买一盒火柴。

是啊，我不禁佩服起黄连了。它的功效是那些甜的植物所不能替代的。不仅能给贫困的家庭以经济援助，使人们通过劳动来解决生活拮据的烦恼，它还选择了苦自己，熬成水，宁可牺牲自己，也要把甘甜和健康还送给人们。如此说来，黄连的功劳可真不小啊！

（此文于 2019 年 11 月 22 日发表在《作家文艺》）

放飞梦想的蒲公英

小树下有一些小小的蒲公英，它们的叶盘上伸出几根细细的茎，每根茎上都擎着一朵黄色的小花，有的蒲公英头顶一个白色的绒球，好似一个大脑袋，风一吹来，就会鞠躬，升起白色的降落伞。就这一瞬间，我被它吸引了。以后每当走过，我总会忍不住停下匆匆的脚步。

蒲公英，是乡间地头村落最为常见的花草，它还有个土气的名字，村民们亲切地叫它地丁。它像健壮的男子汉一样，不可小视。蒲公英随着季节的步伐，生根、发芽、开花、结果，心中寄存梦想。蒲公英的繁衍，是靠风来传播种子的，携带种子的降落伞落到有土壤的地方，它就乖乖地在那儿安家落户，生息成长，大概也是唯一能够飞翔的花了吧，完全是大自然所造化！

看起来，蒲公英低矮，叶子倒披针形，羽状，分裂，株含白色乳状汁液。春天的蒲公英是灿烂而明亮的金色，是快乐的颜色，是阳光的颜色。它和太阳花十分相像，只是花骨朵小些。到夏末初秋，亦结出褐色的果实，并带着白色的绒毛——降落伞。

蒲公英用处极大。它可以入药，它的根，有清热解毒、消肿散结、利尿通淋的功效。它还是美味的菜肴，无论做浆水菜，还是凉拌菜，都非常爽口，味道很鲜美！常吃，可预防心血管疾病，有降血压、防癌、美颜、消除雀斑等功效。小时候，我们常常扛着锄头，满山遍野地挖蒲公英，把根整理干净后卖了，换些钱，交学费，把叶子洗净当菜吃。

蒲公英是一种很神奇的花草。春天，它开出金黄色的花儿，来装扮山川田野。清晨，它的花是合拢的；中午，它会随太阳出来而张开。远远望去，田间一片金黄，像铺了一地的金子，美丽极了！小时候，我们女孩子都喜欢摘一朵蒲公英花儿插在发辫上，打扮一下自己。那时，感觉自己，还真漂亮了，就像一朵花儿。

走在乡间山野，猛地看见成片成片的蒲公英，一大片耀眼的金色，像有人施了魔法般，闯入视野，感觉真是畅爽，就好像被阳光沐浴着，心，暖暖的，很贴心。

又过了许多天，我发觉那些蒲公英已经彻底风干了，而许许多多的花蕾都已绽开过，花朵早谢了，然后成了一朵朵绒球，当风儿轻轻一吹，那些绒球便沸沸扬扬地飘起来，像一片片飞扬的微雪，飘过高高的树木，飞进远远的天空里，随着一缕一缕的风，飞远了。

我看见这一幕，不由地感叹道：我们是否像蒲公英种子那样，也能插上飞翔的翅膀，让我们飞出大山，去寻找自己的幸福呢？

上小学时，就学到一篇课文，《蒲公英妈妈有办法》，描述的是蒲公英，会让自己的孩子带着降落伞，飞到天涯海角，飞到大漠戈壁，把茫茫戈壁变为绿洲。

多么神奇的花！多么美好的憧憬啊！

风吹过的地方，就有一缕缕白色的蒲公英种子，在空中轻盈地飞舞。

我也要像蒲公英那样，带着理想，乘风而飞，乘风而去，去寻找成长的土壤！

马铃薯开花

翻过大秦岭，来到羌族故里，那一定要吃上一回纯正的马铃薯糍粑。马铃薯糍粑又名洋芋糍粑，或土豆搅团，是羌族农家乐的特色小吃，是一种以马铃薯为食材的地方小吃，其风味独特，口感细腻，回味悠长。

马铃薯是从西方引进的一种蔬菜，它开出的花儿也是蛮好看的，有白瓣黄蕊，有紫瓣黄蕊，如果能连成一片，不会比罂粟花逊色。

马铃薯花朴素得像一个村姑，它没有美丽的外衣，纯朴得难以被人注意。正因为它的纯朴，反而被乡亲们当成宝贝。我不会忘记马铃薯花的好看，可我想象不出，它是怎样把这纯朴的花朵与地下的马铃薯块茎连接起来，一脉相通的？老人说每一朵马铃薯花儿，都连着土地下的一个马铃薯蛋蛋，就像每一位母亲的心里，都牵挂着自己的孩子。

如果不是亲见，谁也不会相信，这些黄黄的马铃薯疙瘩会开出这样纯美的花朵。

我忘不了小时候种植马铃薯和收获马铃薯时的情景，忘不了那种根茎相连。一个马铃薯，大的可以顶替一餐食粮，马铃薯可以与鸡翅、鸡腿相配制，做成为畅销的肯德基食物。

马铃薯的花开在原野上的田地里，也开在老百姓的心上。二十世纪六七十年代，马铃薯一度是家乡人的主餐，供养了一辈辈的家乡父老。当时的农民种植马铃薯，他们不仅收获了一种纯朴的心情，也收获了一种温饱。

夏季到了，是山里的马铃薯成熟的时候，便有了这种美味的食物，让人在富有诗意的日子里尽情享受。

马铃薯的食补价值极高。营养专家告诉我们，马铃薯因其营养丰富，有地下人参的美誉。又因马铃薯含有丰富的维生素和优质纤维素，所以，它能抗衰老，能和胃调中，健脾益气，对治疗胃溃疡、习惯性便秘等疾病有裨益，且兼有解毒消炎的作用。

做马铃薯糍粑的方法很独特。首先，是要选沙石地里生长的马铃薯，因为这种马铃薯水分少，淀粉多。将洗净的马铃薯削皮，蒸熟后取出，在通风的空间凉起，待马铃薯里外彻底凉透。再放入一个叫石头窝窝的凹形石槽容器内，使劲捣碎。这个程序很费力，直到黏泥可以拉起很细的丝，直到把马铃薯捣碎成了黄灿灿的马铃薯泥，盛入碗盆中，马铃薯糍粑才大功告成。

马铃薯糍粑，浇上油泼的酸辣椒汤，闻一闻就香，吃一口绵绵的，柔柔的，它味道醇厚，一股酸甜香味，让人无法拒绝这美味的诱惑。轻轻地闭眼，耸耸鼻翼，贪婪地吮吸着弥漫在空气中的甜香味，真是一种享受！

还有一种浆水的调制方法，那就是在浆水菜中放入鲜红的干辣椒丝、花椒粒、盐、葱段、生姜片以及蒜苗，在油锅里爆炒，加水，烧开，最后开锅放入马铃薯糍粑，味道也很鲜美。吃起来滑滑的，细腻，爽口，多么醇香地道，真是十分好吃的一道美食。不过，你可要记住，这种食用的方法，不要加醋，因为酸菜味已经代替了醋。

马铃薯糍粑如果蘸上油泼辣椒吃，那更是营养可口，那个香啊，真是无法形容。这时候，你只有一个感觉，我吃到了人世间最美的糍粑，浮在脑海里的，都是那些甜蜜的场景。为此，也有人很风趣地说，这是美味点心，说的就是它的美妙。每到这个季节，许多城里人，便会驱车前往这里参与其中，与当地人一起体验马铃薯糍粑的纯手工制作过程，品尝它的美味，海吃一通。

现在的孩子们，总喜欢吃那些脆生生的食物。于是，家乡人便想到马铃薯的另一种吃法，那更是一种意想不到的风味，一种浑然天成的效果。这种吃法，就是将马铃薯糍粑加入盐、姜、葱，用油炸制，出锅，真是浓香四溢，清脆爽口，回味无穷。只有这样的美味，你才会体验到陶渊明的田园生活，怡然自乐，心情舒畅。如果遇上一个文人墨客，那更是吟诗作赋、对酒当歌的好去处。

现在家乡的马铃薯，已经销往全国各地，既当菜，又当食粮。

眼前，马铃薯花开了！蓝莹莹的花瓣，金黄色的花蕊，一大片，如花的海洋，太壮观了！此时，我仿佛听到了一种声音，一种花开的声音，这种声音里，有着热血流动的浆液，有着与风一样高歌的回声，在这回声里，我看到了马铃薯的神奇。

浓情飘香黄花菜

小妹家在农村。暑假，我带着儿子去她家玩，看见她家门前地畔和小园子南墙外有两片黄花菜，叶和茎翠绿翠绿的。开花时节，金灿灿一大片！最引人注目的，还是那茎秆顶部举着的，如小棒槌似迎风舞蹈的花骨朵。瞧，橙红色的花，像一个个喇叭争先恐后地朝天吹奏着一曲"致富的歌"。那种耀眼的美，在以绿色为主色调的山坡上独具一格。

七八月份是黄花菜开花的旺季。每年到这个时候，小妹选一个艳阳高照的晴朗天，把黄花一根一根采下来，放在开水锅里打两个滚，一烫，用笊篱滤过水分，然后，一根一根地摆放在竹筐或篾席上，再放在太阳下晒干，最后，用细绳扎好，放在通风的筐里。

黄花菜含有丰富的花粉、糖、蛋白质、维生素 C、钙、脂肪、胡萝卜素、氨基酸等人体必需的养分。黄花菜很好吃，炒着吃、炖着吃、煲汤……是餐桌上的一道好菜。

黄花菜还有药用价值。具有凉血清肝、利尿通乳、清热利咽、解毒消肿的作用。

采摘黄花菜的时候有讲究，没开的花，不能采；花瓣完全绽放了，也不能采；必须采刚刚咧开嘴儿的花，这样的黄花菜营养好。

　　小妹把晒干的满满一筐黄花菜分成四份，三份送给住在城里的我、哥哥和弟弟，一份留在家里，当家里来了远客或亲戚时，才拿出来用开水泡胀，洗净，和猪腿、腊肉炖煮，招待贵客。

　　每次吃黄花菜时，小妹那劳累的身影就仿佛电影般，一次次浮现在我的眼前。她弯着腰，弓着背，小心翼翼地，一朵一朵地采摘黄花。她说，不能把花茎碰断了，也不能把花蕾碰掉。每一根晒干的黄花菜里，不知浸透了小妹的多少辛勤汗水，蕴含着兄弟姐妹之间多么深厚的浓浓亲情？

　　小时候，家里姊妹多，大哥、二哥、我和弟弟都在外读书。家中劳力少，小妹常常在家帮助母亲打猪草，只上了小学就辍学了。心灵手巧，且勤劳、善良的小妹，在农村过着艰苦的田耕生活，我们住在城里的姊妹虽然也关心她，她却更惦记着我们。每年，蔬菜水果一下来，她便请班车司机一袋子一袋子地捎给我们，且捎口信说，这些蔬果是自家种的，没打农药，是纯天然绿色食品，吃着放心。

　　看着餐桌上盛满黄花菜的碗碟，我想了很多。

　　记得小时候，家里生活困窘。小妹十二岁那年，我去县城参加高考，没有路费，是小妹主动帮一位姓李的医生带小孩，才换来了 10 元钱，当我高考的路费。小妹 11 岁时就下田劳动，干家务活，喂猪，帮着父亲、母亲供养我们读书的姊妹……我夹起一根黄花菜对孩子们说："黄花菜，根连根，朵朵金花溢芳馨。亲情蕴在花朵里，同胞手足情谊深。你们也应该时时懂得姊妹亲情啊！"

　　小妹心地善良。她把同村一位毫不相干的智障老人收养了多年，直到智障老人百年后安葬。

　　小妹不怕累，不怕麻烦，年年不辞辛苦地给我们城里的姊妹们捎来蔬菜、水果，她像个铁打的女人。小妹说话快，走路快，干活更快。近年来，农村脱贫致富中，她更是能干，在家里养猪、养牛，还养了一大群土鸡，并在她家对面的山坡坡上种了一面坡的黄花菜，每当采摘黄花菜的季节，小妹常常累得顾不上吃饭。几年来，小妹靠勤劳的双手养殖、种植致富，如今也在城里买了房。小妹在辛勤地耕耘中，也收获了一份喜悦。生活的磨砺，使她变成一个非常坚强的女人。每当看着小妹疲惫的面容，我就特别心疼她。岁月匆匆，现在生活好了，小妹的女儿已长大，儿子也正在读高中，她的脸上常常绽放着笑容。

　　肉汤炖黄花菜是一道绝美的菜肴。每次坐在桌前，嚼着"嘎吱嘎吱"筋道、脆爽、油嫩的黄花菜，我就静静地回味起，黄花菜那镶着蕾丝花边，如小伞般的美姿，和微带甜味的花香，我分明品到了一种超凡的境界。小妹不正像这一朵小黄花一样，不挑剔环境，不埋怨命运，或山巅或平原，或贫瘠或肥沃，随自然生根，随遇而安。在属于自己生活的小天地，却能实现自己的人生价值，展示出她独有的人格魅力！

　　黄花菜亦如小妹，忘忧、淡然、从容，不怨天尤人，这份情致，不正是当下一些人所缺少的吗？

母亲的菜园

映入眼帘的是菜园里那一畦畦碧绿碧绿、生机勃勃的蔬菜，那些绿，色彩却各不相同，深绿的、浅绿的、油绿的，实在是惹人喜爱！望着地上满眼的新绿和一位老叔正在躬身拔草的情形，思绪将我拽回到了儿时老家的菜园。

那时，老家的菜园基本由母亲一个人操持。

每年一开春，母亲便带着我们姊妹几个，用镢头、铁锨把菜地深深地翻两遍，用榔头敲细土坷垃，再点种各种蔬菜籽。接着，母亲又拿着镰刀，在后坡割些狼牙刺、杨葛刺、黄杨木枝。让我们拉到菜园边，给菜园四周围上带刺的篱笆。刺篱笆满是刺，我们被扎得满手流血，很疼。我抱怨地说："不拉刺了，好疼！"母亲说："还得拉刺！用刺编扎的篱笆最好，能很好地防止家里的小鸡和野物来啄食，偷吃蔬菜。"其实，我看见母亲的手上也被狼牙刺划破，血迹斑斑，比我们严重多了。

几场春雨过后，撒在菜园里的各种蔬菜籽儿喝足了雨水，一夜间，都开始发芽，破土而出，齐刷刷地长出绿绿的、嫩嫩的芽儿。随着天气渐暖，气温升高，菜苗像赶趟似的，你争我抢，"蹭蹭蹭"，一夜间蹿出老高。小白菜、茼蒿、油麦菜、韭菜、小芹菜都一齐蓬蓬地比高矮。这时，各种草也长高了。母亲便忙碌起来，有时给菜浇水、施肥，有时拔草。母亲常常累得大汗淋漓，晒得黝黑黝黑的。甚至，学校开家长会，我都不想让母亲去，怕被同学笑话。

一天，母亲把一竹篮又嫩又壮的绿菜拔回家，兴致勃勃地说："咱家的蔬菜可以吃了！只要勤快，劳动了，就有收获。"

她把最好的一些分给左邻右舍，惹得邻居们直夸母亲能干，种的菜长得可真好！母亲听了，只淡淡地一笑。

进入四月，母亲菜园里那一大片油菜最先绽放出金灿灿的花儿，菜园边的苹果树上也开出了粉白的美丽花儿，把菜园装点得五彩缤纷，美不胜收。

五月，瞧，靠母亲的菜园篱笆边，一大溜的正值豆蔻年华的甜玉米披着红缨，如威武的士兵，昂首挺立在菜园四周，围成一道天然的绿色屏障，无怨无悔地帮母亲守护着菜园。

菜地正中央的马铃薯花开了，紫莹莹的小花点缀着一片葱绿，煞是好看！用竹条搭成的几行豆角架上，黄色的丝瓜花儿和白色的豆角花儿开得正欢，像挂着两道美丽的瀑布。

半个多月后，辣椒、西红柿和茄子，因结满累累的果实而微微弯着腰。豆角也出来了，豇豆也长出尺把长。篱笆边，疯长的南瓜、金丝瓜藤爬满了篱笆，很多肥嘟嘟的金丝瓜和南瓜吊在篱笆上，犹如挂着红的、绿的小灯笼，为菜园增色添彩。

这一年，蔬菜又丰收了，按理一定会卖个好价钱，母亲说，可以帮我凑够学费了。可是，天有不测风云，家乡遇到了百年不遇的洪水，通往县城的道路中断了，厂区许多工人和邻居被隔在了大山里，没地方买蔬菜吃。母亲知道后，带着父亲和二哥把菜园的蔬菜送给厂里的工人和村里的邻居们，灾难面前，没收一分钱。

母亲留下了品质差一点的蔬菜做给我们吃，我埋怨她说："妈，咋不把这些差的菜送人？好菜送人，还不收钱。"

母亲笑了笑，说："孩子，做人得有爱心，差的留着自己吃吧！我做香点，一样好吃！"

知书达理的父亲打断母亲的话，斥责我："'慷慨解囊、乐善好施'是做人的基本道理，没文化的你妈都懂，你一个初中生咋就这么混？"

听了父亲的话，我惭愧得低下了头。

那年"五一"，勤劳的母亲被评为县"最美劳动模范"。

如今，父母早已故去，老家只剩下一座空巢，红红的木质雕花大门，挂上了一把生满红锈的大铜锁。门前的菜地也长满了荒草，但母亲在菜园里劳动的形象，却永远地刻在了我的记忆深处。

（2019 年 5 月 5 日发表在越南《西贡解放日报》，
6 月发表在《西充文艺》第四期，总第 175 期）

秦岭花谷万亩葵海

前几天，看到微信朋友圈里发的向日葵花海，看着那震慑心魂的图片，顿时便有了亲眼见识它的想法！

机会终于来了，这天，我有幸与县作协、宝鸡西府文学、宝鸡诗词协会的文友们，一起走进东河桥村的向日葵花种植园，一睹其芳容。

远远望去，一畦畦向日葵花竞相绽放，整片金黄满地，像铺开了一张金色的地毯，熠熠生辉，那么耀眼，十分艳丽迷人。空气中，处处弥漫着花香，沁人心脾，我登高俯视，看到了它的全貌：满眼的黄，金灿灿的，几十里连成一片，那么壮观，那么青春亮丽，懵懂着、满足着我的贪念。那一片金黄色的花海啊，那么惹人迷恋，蛊惑了我的爱情种子再次萌生。我多想时光能倒流，再一次和我惺惺相惜的恋人静静地并肩挽手，在千亩葵海漫步着，奔跑着，一起浪漫，演绎一场绝世爱恋；躺着，把无数向日葵铺成的花铺当作我们的婚床，一起凝望蓝天白云，和互相嬉戏的风儿，互相追逐的燕儿，一起欢笑，一起婉转歌唱，一起升腾，该有多温馨，多幸福！相信，每一对真爱的恋人，对爱情都曾有过一幕幕浪漫美好的过往。

走进葵海，我们都兴奋不已，张开双臂，拥抱花海，小心翼翼地托起一个大大的葵花花盘，和它们合影。金黄色的花海留下了我们美丽的倩影，脸上还留有深深的笑靥，花海洒下了我们一片片欢声笑语。

　　向日葵总向着太阳，它阳光、健康、积极、上进。

　　我更赞赏向日葵的执着与专注的性格。这主要是从我听到的一个有关明姑娘的美丽传说开始的。传说，古代有一个员外的女儿，叫明姑，她被后娘逼婚，明姑早就有了心上人。半夜时分，明姑趁人不备，出逃寻夫，途中不幸遇难。后来，她的坟前开放了一大片金黄色美丽的花儿，这就是向日葵。人们说，向日葵是那个叫明姑的姑娘的化身。

　　多么凄美的爱情故事呀！这传说激励人们痛恨暴力、黑暗、旧婚姻，追求光明、自由和忠贞不渝的爱情！

　　向日葵的花姿虽然没有玫瑰那么浪漫，没有百合那么纯净，没有牡丹那么雍容华贵，但它阳光、明亮。向日葵爱得坦坦荡荡，爱得不离不弃，一直向着心爱的方向，不会因权贵、富贵改变自己的追求。它如痴情的恋人一样矢志不渝、坚贞不屈！它执着地爱着喜欢的人，哪怕不能靠近，也一直守望，绝不放弃！它有自己的独特魅力，将爱藏得深沉，这样就成就了一片向日葵花海。

　　向日葵花啊！它绽放的不仅有爱情，还有对梦想、对生活的热爱，对光明、自由的追求和向往，它是积极向上的，是充满正能量的花之魂，它代表着信念、光辉、忠诚、爱慕，它的寓意是沉默的爱，勇敢地去追求自己想要的幸福。

　　起风了，空气中弥漫着缕缕花香，那浓郁的香气如阵阵波涛，一浪又一浪地冲击着这片花海。穿行在花海中的游人，在黄灿灿的色彩中享受着独特的花香和夏日风情，远方，传来爽朗的笑声……

　　如果可以，朋友，就到秦岭花谷的这片向日葵园中来赏花吧！这里风景如画，远离尘世的喧嚣，这里满眼阳光，盛开着希望。如果能够成行，你一定会感觉到幸福满满，不虚此行！

秦岭花谷，挡不住的诱惑

八月，骄阳似火，酷热难当。然而，巍峨高大的秦岭山脉下的东河桥村，却是凉风柔柔，清风习习，成了人们避暑的天然绿色胜地。从宝鸡来凤县，自东向西行，凤县回宝鸡，由西向东走，一条蜿蜒的盘山公路连接着两地。公路两旁，婀娜摇曳的芊芊柳丝，如绿云般随风飘动。山道起伏，一浪一浪五彩缤纷的野花轮番上阵，风中，缕缕花香，沁人心脾，处处花团锦簇，姹紫嫣红，高低起伏，错落有致，一点黄，一块儿紫，一梯蓝，一片红，如画家手中五彩妙笔，把青山绿水尽情点染，把空谷幽兰的葵海尽情涂亮。这百里连绵的花海，如迂回的彩带一样，飘舞在山峦间，这就是闻名遐迩的秦岭花谷。

坐上去宝鸡的火车，沿着铁路，也可欣赏秦岭花谷沿途的激滟山水、旖旎风光。八月的花谷，如丹青画卷，如春天的百花园，如热情的天使给大山围上了一条五彩缤纷的丝巾，飘舞在连绵起伏的大山中，将美景尽展眼前，让你惬意，让你陶醉。

秦岭花谷，你是芬芳迷人的花仙子！看啊，紫薇花娇艳热情绽放，向你露出了绚丽灿烂的笑意，一树树，花团锦簇似紫焰的火炬，一束束，高高擎着，燃烧着，动辄几十里连成一片，又如蔚为壮观的紫云。玫瑰也毫不示弱，与之媲美，时而如粉黛妙龄姑娘，害羞得脸颊绯红；时而热情奔放，早已一片似火海般熊熊燃烧，红得那么娇艳，那么迷人，那么震撼。百花也不甘寂寞，她是迷你的衣裙，几十种不知名的娇小迷人的花儿，红的、黄的、紫的、粉的、蓝的⋯⋯眨巴眨巴着那勾魂儿的、震慑心魄的无数只小眼睛，她们让花谷多了灵气，变得灵动无比。

秦岭花谷，你是妩媚迷人的小仙女，烂漫花谷，蜂飞蝶绕，"唧唧唧""嗡嗡嗡"，唱着动人的歌谣，迷醉了游人。我看见，你抛出媚眼诱惑了前来探访的游客们，他们不怕劳顿，不畏艰险，一批一批来，就为一睹你的风姿，你多情地拥抱他，亲吻他，留住他。

公路边，一池池的荷花，醉了整个夏天。瞧，荷塘中，那片片嫩绿的荷叶静静地浮于池面，托举着一朵朵洁白的、粉嫩的荷花，它们出淤泥而不染，濯清涟而不妖艳。再看那荷叶间偶尔游出几条小鱼儿，荡漾出一圈圈涟漪，"一池荷花烟雨中"的朦胧、迷离之境界尽显无遗。我不禁吟道："莲叶又送一池碧，荷花娇艳惹人迷，把盏西楼邀明月，小桥流水景旖旎。"

秦岭花谷，让你一睹秀山围合，青天蔚蓝，云卷云舒。这里没有喧嚣，没有燥热，沐浴清凉山风的惬意，畅饮清凉山泉的甘甜，啜吸瓜果浓味的芳香，连心也被甜润。此时，你会感到随风飘来的是抵挡不住的诱惑，花香肆意，花香袭人，醉了山川，醉了河流，醉了游人。

秦岭花谷，层峦叠翠，村舍有致，一排排，一行行，白墙青瓦的徽派建筑民居，又一次让你眼前一亮。永生村那神奇的不老佳肴传奇，让你不得不走近寻访，走近品味，找寻健康长寿的密码。徐行豆腐广场，建筑之神奇的刘安雕塑，巍然屹立，他面目慈祥，手捧书卷，仿佛指着雕塑墙那凝固的诗，在给游人讲述豆腐文化源远流长，讲述豆腐佳宴的秘籍，看着让你垂涎，尝一口让你唇齿留香，三日不知肉味。走进村史馆，让你惊叹东河桥悠久的历史，仿佛古栈道的硝烟还在弥漫，大散关的铁马还在秋风中奔驰，这就是气壮山河，这就是壮怀激烈。

挥去硝烟，回首和平，观千亩金海葵园，璀璨艳丽，一棵棵葵花妩媚动人，向着太阳绽放笑脸。徜徉花海，迷恋花间，这里有一个叫"明姑"姑娘的爱情故事，让人尽享爱情的浪漫甜蜜。再走进那个颇具民族风情的波尔多庄园，尽饮一杯玉液琼浆，让你醉卧邀月。

秦岭花谷，你是七仙女赠送给董永的一块锦绣玉带么？你是上帝赐给勤劳人们的瑰丽饰品吧？否则怎会那么美丽，那么妖娆。呃，我明白了，难怪这里有个地方叫黄牛铺的，那黄牛一定是和董永相依相伴的神牛的化身吧。

秦岭花谷，花香袭人，美味留香，神奇无比，难怪许多游客留宿花谷，久久不愿离去，你是挡不住的醉人诱惑。

是谁把你打扮得如此娇娆美丽？在心里，我不止一遍地追问道。微风中摇曳的百花仿佛兴奋地告诉我，是勤劳的秦岭花谷凤县人民，是匠心独运的能工巧匠，他们植花卉于空谷，酿隽秀于羌乡故里，他们勤奋，他们聪慧，他们是建设家园的工程师，用灵巧的双手绘制了一幅浪漫醉人的锦绣田园——秦岭花谷。

韭菜花香飘万里

　　一个周末的早上，我沿着去火车站的路上晨练，无意中看见一位白发苍苍的老奶奶，在河堤边的菜园里，仔细地采摘着韭菜花。白色的韭菜花，站在绿油油的韭苔尖儿上，在阳光下，星星点点地闪耀着，像眼睛，像星星。熟悉的景致，亦使我倍感温暖、亲切，我想起了母亲的韭菜园，也想起了母亲采摘韭菜花的身影。

　　韭菜花不仅看起来美，而且还能做成韭花酱。母亲做的韭花酱，可好吃了。记忆里，到了秋天，韭菜长苔开花后，白花花的一片，像绿色的海洋里泛起的点点小浪花，一幅别致的美！这时候，母亲就将韭菜花采摘回来，和新鲜的青辣椒、红辣椒一起，清洗干净，晾干水分，再用新鲜的花椒、食盐搅拌均匀，放入石碾槽内，来回碾压成酱，做出美味芳香的韭花酱，因为韭菜花的"产量"甚微，所以韭花酱的出产也是弥足珍贵。韭花酱夹馍，堪比肉夹馍，能吃上一口也是幸事。石碾槽响起，邻居的阿婆、婶子、大嫂们就赶来我家，趁势发挥碾槽的作用，也将自己家的韭菜花采摘过来，你帮我，我帮你，依次序碾压制备各自的韭花酱。和着在石碾槽里碾压，发出"咣嘟咣嘟"的节奏声，人人笑逐颜开，一片丰收喜乐的景象。

父亲讲过很多关于韭菜花的典故，记忆最深的是，他讲的五代时期杨凝式创作《韭花帖》的故事。有一年秋天，书法家杨凝式午觉醒来，觉得有点饿，恰在此时，宫中送来一盘新鲜的韭花酱，杨凝式吃后，觉得味道特别鲜美，就写了一封谢折，其中写道："当一叶报秋之初，乃韭花逞味之始"。由于新鲜的韭花酱也得到皇上赞誉，因此，也成就了杨凝式的《韭花帖》，让其流芳百世！《韭花帖》同王羲之《兰亭序》、颜真卿《祭侄季明文稿》、苏轼《黄州寒食诗帖》、王珣《伯远帖》并称为"天下五大行书"，一盘韭花酱成就了"韭花一帖重谬琳，千古华亭最赏音"的绝世佳句。

查找资料，早在汉代《齐名要术·种韭》中，小小韭花就有记载，人们自古就喜欢吃韭菜花，并与羊肉同煮，味美汤鲜。

二十世纪八十年代，我上初中，学校的生活就是一天两顿饭，顿顿是一个窝窝头和一碗玉米糁，没有什么炒菜可吃。上了高中，有了个别炒菜，但价钱贵，一碗马铃薯片汤里，只漂浮着几滴油花的，还要一角钱，多数同学是吃不起的，我也属这类同学。像我这样生活困难的学生，就从家里带来咸菜、酸菜、窝窝菜，配一碗玉米糁，就是一顿饭。那时，村里的人家种上一畦韭菜，就够一家人吃，一畦韭菜地的韭菜花，压制成韭花酱，也就能装两三个小罐头瓶。偶尔母亲来公社开妇女会，就带给我一瓶韭花酱，每每这时，我惊喜万分，这待遇对我来说是一种珍贵的美食佳肴，比学校的任何炒菜都可口。

社会在发展，上学自带菜的时代过去了，但韭花酱依然是家乡人餐桌上最受青睐的调味料。吃面、夹饼、饺子蘸料，放一勺韭花酱，立刻满嘴鲜美，冬天吃火锅涮肉，盛一勺韭花蘸酱，热辣爽口，唇齿流香。

韭花酱的醇香美味萦绕着我，也备受海外游子的青睐。我有一位去德国留学的同学，把韭花酱带到了德国，韭花酱香飘出了秦岭大山，漂洋过海了。家乡的韭花酱，今天是上佳的绿色食品，通过微商，远销全国各地，成为家乡致富的特色项目，造福人民，它真是太了不起呀！

春光明媚好踏青

刚下了一场春雨，几个朋友相约周末踏青，掐苜蓿。

周末的早晨，黎明的影子悄悄隐去，晨曦迈着轻盈的脚步，飘然而至。推开窗户，和煦的春风轻吻着我的脸颊，太阳公公笑呵呵地从东方跳了出来，温暖地普照着大地。哦，阳光明媚，风和日丽，春景宜人啊！

我们几个好伙伴，趁着"蒌蒿满地芦芽短"的美好春光，背上行李，洒一路笑语，放一路欢歌，来到依山傍水的兴隆场野外寻春。一到这里，眼前一片明艳，草坪如天然的绿毯，延伸着铺向远方……美丽的田园风光一览无余地尽收眼底，我们陶醉其中！

风，摇绿了树的枝条；水，漂白了鹅的羽毛。处处桃红柳绿，鲜花盛开，大家都被陶醉其中，贪婪地呼吸着新鲜甜润的空气，徜徉在碧绿平坦的草地上，欣赏着美不胜收的春景，心中充满了绿意。我们看着美不胜收的春景，都迫不及待地拍照留影，在花海中，在河边的垂柳下，留下了一帧帧春天美好的记忆。

眼前，一大片又嫩又胖的苜蓿，绿莹莹的，多么诱人呀！大家赶紧蹲下，一边掐着苜蓿，一边不住地说笑起来。草芽也在脚下嬉笑着，蹦跳着，轻轻地说着春天的故事，让人感觉美意难却。仅仅一个多小时，我们就收获了许多。

有人提议，"大家玩会吧！"我们便像孩子似的疯狂起来。

松软的草地像是增加了腿脚的弹力，让我们瞬间长高了一大截。我们雀跃着，追逐着，串串银铃般的笑声在空中飘荡着。

跑累了，疲惫了，我们一起躺在草地上休息。松软的草坪像清凉的地毯，阳光像温暖的薄被。是谁搔痒了我的面颊？原来，是耳边嫩绿的调皮小草，闻闻泥土的幽香吧，津津有味。不经意，见有一群蚂蚁排着整整齐齐的队伍打造自己的家门户室，洞口一只只蚂蚁接踵而至，鱼贯而出。

仰望天空，不时有几只金鸡、野鸡飞过，麻雀也在树枝上"叽叽喳喳"，仿佛是在致欢迎辞。

时值中午，宝蓝的天空不时飘过几朵白云，白云还变换着形状姿势，那么迷人，一会儿像头雄狮，一会儿像一匹奔马，一会儿又像只大鹏展翅。此刻，心旷神怡这个成语让我感触至深。

眺望河边，一群群野鸭在河里游来飞去，飘飘荡荡的芦苇丛虽然枯黄凌乱，可却诗意盎然，不感萧条，野鸭时而从中穿来穿去，像是一群天真的孩子在捉迷藏。

天空掠过一行大雁，望着风中摇曳的柳絮和绽开的鲜花，望着身边的小草露出的笑脸，我情不自禁地吟诵："春风一拂千山绿，南燕双归万户春""春风放胆来梳柳，夜雨瞒人去润花"。

我又想起了朱自清笔下的《春》：

春天像刚落地的娃娃，从头到脚都是新的，它生长着。春天像小姑娘，花枝招展的，笑着，走着。春天像健壮的青年，有铁一般的胳膊和腰脚，领着我们上前去。

"善养百花惟笑露，能生万物是春风。"春天，在孕育，孕育着希望，孕育着幸福。盎然的春风，让希望播撒，让新意播撒。孩子们朗朗的读书声，农民伯伯春耕的吆喝声，工人们焊接飞舞的火花，无不播下丰收的种子。春天带来了万物复苏！

　　春天的一切都是新的开始，"花木成畦手自栽"，已经预示着春天的开始。春天也将会悄悄地绕身而过，夏日会尾随着她的身影姗姗而至，眼前又将会是"一水护田将绿绕，两山排闼送青来"。让人融入，尽享美景！

　　一年之计在于春，春光明媚好踏青。我们既知春来，又知春去，落花虽可追，光阴不可回，珍惜美好春光，珍惜美好的时光吧！

又是一年菜花黄

"油菜花开满地黄，丛间蝶舞蜜蜂忙。"三月初，秦岭峰顶还是春寒料峭时，我的家乡凤县已是繁花似锦，凤县羌族故里的田野里、山岗上、公路旁，层层叠叠的油菜花顺着地势蜿蜒伸展，藏娇含蕊，酝酿着一场流光溢彩的花宴。

走进羌乡，一望无际的花海随处可见，微风吹过，散发出扑鼻清香，沁人心脾，金灿灿的油菜花，像是为家乡的田野披上了金黄色的锦袍。走进羌乡故里的村落，就沉醉在油菜花的世界里，荡漾在金色的海洋上。

油菜花并非稀奇，好多地方都有，但家乡的油菜花别具特色：一是开花早；二是面积大；三是长势旺。比起平原上的油菜，它的茎秆粗壮而高大，花朵繁盛而茂密，展现出勃勃生机。河畔田野油菜花的金黄，和初春乡间条条柳枝上长满的嫩嫩新叶相衬相托，美不胜收。

为建设新农村而修建的一座座白墙灰瓦的房舍，镶嵌在绿树林中，半遮半掩，让人难以窥其全貌，更显出家乡那朦胧神秘之美……

又是一年菜花黄，又是一季菜花香。清晨，在薄雾中推窗，铺天盖地的花香，流动着，翻滚着，如波似浪，阵阵袭人。花香，让屋顶的炊烟轻柔了；让天空的燕子活泼了；让河里的蝌蚪欢快了。夕阳下，夺目的金黄，闪耀着，氤氲着，熠熠生辉，就连锄禾而过的农夫也颔首微笑，他们也陶醉在眼前的浓浓春意里。

阳光下，在坦荡如砥的平坝河川，油菜花金黄璀璨，我们嗅着花香，赏那片金黄，惹得蜂飞蝶绕的情景最难忘。瞧，在起伏绵延的丘陵，油菜花错落有致，铺满梯田。那恣意怒放的油菜花香引来四面八方的养蜂人到这里放蜂。在田野旁、山川里、溪流边、密林间，总能看到他们摆满的蜂房及搭建的帐篷。他们来，不仅为人们带来了甜蜜，更为山村增添了生机。蜜蜂，可爱的小生灵，忙碌的养蜂人，不由使我想起杨朔笔下的《荔枝蜜》，心中的敬意又增添了许多！

千山万壑中，油菜花金灿灿地重彩浓妆。此花虽渺小，却厚积薄发，把千万朵细碎的小花汇聚成了一片金色的花海，成为山村独树一帜的浩大景观。

古老的水车还在水乡村口慢悠悠地转转着，踏过星辰，走过春夏。一群燕子"唧唧"飞过，有的横掠河面，有的转眼便窜入白杨翠柳间。瞧，桃花红梨花白，水烟氤氲，缭绕缥缈。三三两两的村落居间，那蜿蜒的小溪与河流，成为油菜花间，那金波荡漾起的小岛航道。或见一片绿油油的麦田，再闻一缕蚕豆花飘散的清香；或见那一湾碧水，水鸟翩翩，孩童涉水捉蟹逗乐，女子浣衣嬉戏，和漫步的情侣，你能不陶醉？

这里，山美水美食更美，民风淳朴，乡民好客！游客来到羌乡故里，无论走进谁家，都少不了用黄焖鸡和美味的苞谷酒宴款待你！当你品尝到一方水土的美味佳肴，如红烧辣子鸡崽、香菇豆角干脚棒、油煎小黄鱼、珍菌拌野菜、板栗烹土鸡，还有故乡人引以为傲的凉皮和菜豆腐，一定会让你感受到羌族人们的古道热肠。

故乡位处秦岭腹地，由于南北交汇地带的缘由，使得家乡兼得南北之美，兼收南北之利。社会发展拉近了我们的距离，西成高铁、高速公路，四通八达的交通连接着大千世界，我的家乡也拥抱着大千世界，看，嘉陵江音乐喷泉、高清水幕电影、凤凰来仪、紫白山、通天河等国家级旅游景点，还有闻名遐迩的凤县革命纪念馆，迎来送往着四面八方的观光游客。朋友，这样的故乡，你喜欢吗？

柴胡花开满地"金"

柴胡，中药名，为《中国药典》收录的草药。柴胡是伞形科植物的一种，属于野生宿根草本植物，别名地熏、茹草，也叫柴草或者山菜。它性味苦、微寒，归肝、胆经，根可入药。每年春、秋两季采挖，除去茎叶及泥沙，只留其根，干燥后，常用于中药。我国自古以来一直广泛使用柴胡入药，它有和解表里，疏肝升阳之功效。能医治感冒发热、寒热往来、疟疾、肝郁气滞、胸肋胀痛、脱肛、子宫脱垂、月经不调等疾病。

据查，各地有制成柴胡注射液的，用以治疗流感、上呼吸道感染等疾病，疗效甚好。柴胡耐寒、耐旱，它不仅药用价值高，花也好看，具有很好的景观效果，目前，它还是家乡发家致富的项目之一。经过两年的试验性推广种植，柴胡成了秦岭至凤县沿线村镇的"地道药材"，同时也成了帮扶低收入农户增收致富的好路子。

炎炎夏日，走进凤县，在东河桥，沿着秦岭山脉的阡陌小径一路而上，放眼望去，在蓝天白云的衬托下，金黄金黄的柴胡花正恣意开放，随风摇曳的身姿映满眼帘，几百里连成一片，一派丰收的景象，令人惬意、陶醉。

柴胡花，碎碎小小的，但连成规模，一样十分好看，让人震撼，特有观赏价值。七月的秦岭，生机盎然，柴胡花金黄金黄，像满天繁星，在阳光下远看，如给绿色的山岭田野撒下了密密麻麻的碎金，一闪一闪，格外迷人。微风吹来，一阵特别的花香沁人心脾。让周边那些生活在钢筋水泥丛林中的城里人羡慕不已，在节假日，他们结伙搭乘绿皮火车来秦岭东河桥山谷游玩，既能避暑，又能观赏这百里柴胡花形成的金色海洋。那三三两两的赏花人，望着遍地金黄，吮吸缕缕微风掠过扑鼻而来的药香，顿感惬意，他们在花间流连忘返。许多摄影爱好者与游客摆好拍照姿势，拉长的单反，调试好镜头，在一阵清脆的"咔嚓"声中，那些美女俊男们便与这金黄的柴胡花海融为了一体。在风姿绰约的瞬间，那柔美健硕的身姿便定格在时间的长河里，那情影随着满山的金黄，印在了每位游客的脑海。

柴胡耐旱，只要撒下种子，一旦出苗，它就会顽强生长。据秦岭一组村民黄山春说，把挖来的柴胡根部洗净晾干后卖给合作社，虽然人累，但收入有保障，一亩地少说也能收入四千多元，现在他们村开始大面积种植柴胡，目前已发展到300余户。当提及柴胡的销路，村民高常辉满脸喜悦地说："我们种植户不会为销路发愁，价格也有保障，因为和村里的药业柴胡合作社签了订单。去年我家种了8亩，亩产120斤柴胡药根，合作社按每市斤50元收购，除去种子、农资、农药的费用外，纯收入五万余元。今年我种了12亩，预计纯收入七八万。"

梦里有一片花海，梦里有缕缕乡愁。这是一个十分美丽的地方，这是我魂牵梦绕的童年记忆。小时候，家乡穷，但它却是优质中药材柴胡的产地。记得每到周末和放假，我就和一帮同伴一起，跟随着大人去采药，主要是去挖野生柴胡。故乡的山坡上、地头、道路旁，常常能看到柴胡的身影，那时的人们没有条件出门打工，所以采药成了农闲时，人们搞活经济，提高家庭收入的捷径之一，大人小孩都会参与其中。挖回的这一株株的柴胡药材，变成了我们的铅笔和作业本，还有家里的油盐酱醋布匹等。

挖柴胡也是一种极其辛苦的事。因为全村动手，在山坡上地毯式地搜索，柴胡越来越难找到了，我们曾经从家里出发，翻山越岭，一直找到十几里外的甘肃小南沟，带着水和干粮，衣服和鞋子常常会被山上的枣刺挂破，手上腿上也常常被荆棘划伤，血迹斑斑。一天也不过就挖五六两干柴胡，当时能卖七八块钱。那时就想，啥时能把柴胡种在自家地里，想挖就挖，那该多好啊！

往事如烟。如今，柴胡真的种植在家乡的土地上，几百里连成一片。

时令正是柴胡花盛开的季节，我望着静静绽放的柴胡花，感慨万分，它虽没有桃花、杏花、牡丹花那般鲜艳、耀眼，但是，那带着药香的一朵朵黄黄的柴胡花，藤壮叶茂，长势喜人，遍布了秦岭东河桥至凤县沿公路边的山坡田地，金灿灿的连块成片，十分壮观，如同铺了一地的碎金，花丛中蜜蜂翩翩起舞，采收着生活的甜蜜。柴胡根、柴胡秆、柴胡籽、柴胡花蜜，愿你能为家乡人带来更多的财富，愿家乡人们的生活更加美满幸福！

那浓浓的麦香情

"小满节气到，小麦黄又黄，掐把小麦交给娘，娘往火上烤一烤，马上闻到小麦香，放在嘴里嚼一嚼，一辈子忘不了浓浓的麦香，疼我的娘。"这是我小时候家乡流行的童谣。

六月，大散关下，麦秆发青，麦粒饱满，从麦田边上走过，孩子们就会情不自禁地伸出小手抚摸一下麦穗，或掐下一株麦穗头放在手里，用手搓一搓，用嘴轻轻吹去麦皮，一颗颗圆墩墩、胖乎乎的麦粒就留在手掌。这未成熟的麦粒馋得孩子直流口水，一粒一粒放进嘴里轻轻咬破，一抹清香沁人心脾。

这个时候，母亲会从田间剪取一些麦穗，扎成一把把拿回家，再取一部分放在火上烘烤。烤熟后，她剪掉麦秆和麦芒，再放到簸箕里面搓去麦皮，留下麦粒，这就是火烧麦。我们兄妹每人可分得一小把，一粒一粒放到嘴里细细咀嚼，慢慢下咽，满嘴溢香，滋味隽长，真愉快，一张张纯朴的小脸绽开了幸福的笑靥。

火烧的麦子是那个年代孩子们最爱吃的食物之一。

剩下的部分麦穗，母亲会把它们放到太阳下晒干，脱去麦壳再去皮即为麦仁，用来做稀饭。这麦仁熬出的稀饭黏香、甜润，是上好的绿色佳肴，我们兄妹一个个吃得肚皮溜圆的，还是意犹未尽。天热时，还可以用它烧一锅青麦子水喝，或煮一锅麦稔稀饭，又能品尝新麦的清香，还能防暑降温。这种麦粒还可以保存，到了冬天，一家人围坐在火炉旁，煮一锅青麦子，大家喝着麦稔汤，嚼着麦香，其乐融融，温暖涌遍全身。

家乡的农历六月初一，有一种习俗叫作"新麦子坟"，这得提前几天准备。母亲和婶娘们会取早熟的新麦磨成面粉，蒸成白白的馒头，以祭祀已故的亲人，这叫"祭仙"。

准备祭仙这几天，家家户户屋顶炊烟袅袅，炉火通红，出锅的笼屉里站满白白胖胖的馒头，浓浓的麦香、食香四处飘散，弥漫村庄。母亲会把首先做好的馒头捧给年迈的奶奶，奶奶接过冒着热气的馒头早已激动不已，那浑浊的双眼却蓄满了泪水，便急急地咬上一口，会把掉落的馒头渣捡起来，吹干净灰，再放进嘴里，告诉我们不能浪费粮食。

六月初一，这一天，奶奶都会催促父亲带上我们兄弟姐妹，一起去爷爷的坟上去祭仙，她总是说，快去让你们爷爷也尝尝新麦馒头吧。祭仙时，父亲和我们几个孩子都很虔诚。

布谷鸟的叫声氤氲着，唤来麦香，唤来收获。小麦是家乡的主要粮食作物，小麦丰收是勤劳人们一年的期盼。布谷鸟年年会叫起，家乡的麦香年年会出现，逝去的爷爷、奶奶、爸爸、妈妈，每年也会吃上祭仙的新麦馒头，传递这份绵延不息的丰收喜悦和血脉亲情……

（2018 年 5 月 29 日发表在《延河》《宝鸡日报》副刊有改动）

麦浪滚滚，夏收忙

　　端午节，回老家去。刚进村，就看见老家院前空地上，开着满盈盈的打碗儿花。一阵微风拂过，花儿一漾一漾的，藤蔓一节一节伸长，爬满菜园和花坛边的篱笆，一朵、两朵、无数朵争相绽放着，像吹起了蓝茵茵的、紫红的、粉红的、洁白的小喇叭，十分招人喜爱。这美丽的景致，把老屋院子打扮成了一个天然的花园，我一路的疲惫，也被一扫而光。

　　院旁的三棵杏树和两棵李树，都结满了繁星似的亮晶晶的果子，杏儿跟着麦子黄，一颗一颗，黄澄澄的，很诱人。布谷鸟的叫声此起彼伏，"布谷布谷，算黄算割，擀面烙馍"。来到田间，那金灿灿的麦穗随风不停地摇曳着，似乎麦秆支撑不了麦穗的重量。乡亲们望着麦田里那沉甸甸的麦穗，早已喜上眉梢。远处，一对夫妻正在翻好的地里种黄豆，他们手握铁锨把儿，右脚一踩铁锨，黄豆种子不偏不倚地落入锄头挖开的小土窝里。

　　家乡凤县与甘肃省一个叫宏庆的地方接壤，海拔低，气候温润，阳光充足，夏天来得早，几乎和八百里秦川同时迎来夏收。瞧，那滚滚麦浪，犹如黄河的波涛澎湃，那样豪迈壮观，那样宏伟，这是家乡人一年的希望。

端午，我们吃着香甜的粽子和从山里采摘的酸甜可口的野草莓，便迎来了芒种。时隔不久，田野里的麦穗颗粒饱满，昂扬端庄。放眼望去，一望无际的麦浪，一块微黄，一块深黄，我猜是哪位天神画家，不小心，打翻了画家金黄色的油彩盒。

乡村人以收种为大，学校在收种季节也专门放忙假，让学生参与夏收，让他们回家帮着家庭抢收抢种。父辈的夏收，是人拉肩扛、虎口夺食的夏收！

收割前，先要准备好锋利的镰刀。父亲舀一些水，蹲在院边，在砥石上"曜曜曜"地磨着镰刀，边磨边试着刃口的锋利，一次要磨好几把镰刀。

夕阳下的院落边、柴垛旁，有觅食的小鸡，勤劳的母鸡下完鸡蛋，站在鸡窝边"咯咯咯"地向人们汇报。大白鹅也耐不住寂寞，一边引颈高亢叫着"嘎嘎嘎"，一边蹒跚着到村子前那条明如带子的小河里去游泳。这一切汇聚在一起，便是家乡的一幅极美的中国乡村画，那么美，那么迷人！此情此景，早已刻在我记忆的长河中，挥之不去。

夏收开始，家乡也叫"开镰"。金黄的麦田，人们弯着腰，顶着烈日，冒着高温酷暑，奋力劳作。顷刻，一垄垄的麦子倒伏在身后。割倒的麦子被扎成麦捆，如列队的士兵整齐地立着，排成一行行，一列列，等待着"首长"的检阅。割麦的人们挥汗如雨，时不时地也伸一下腰，用搭在肩头的毛巾擦拭一下满脸的汗水，或赶忙喝上一口准备的开水，再弯腰继续挥舞着镰刀，收割小麦。小孩子们也不闲着，手提竹篮，拾麦子的样子真像觅食的小鸡，不停地弯腰捡拾着掉落的麦穗，让颗粒归仓。

烈日下，父辈的背影最为高大宽厚。眼前，麦浪翻滚，农人在一场挥汗如雨的激战后，收获的不只是麦子，更是满满的幸福和希望。

回望，家乡的秋色

家乡山村昔日美丽的秋色让我记忆深刻和永远眷恋。

山里的秋天，没了夏日的妖娆，遍野一袭素雅的黄袍，在枫叶独特的舞蹈中，歌吟着清风斜阳。

山区气候多变，尤其是在这秋日，多数的天气是雨蒙蒙的，崇山峻岭被雨雾笼罩着，浮云如水般浸没着黛青色的山峦，山影时隐时现，如仙境一般。秋雨更是常来常往，温顺时挥洒自如，缠缠绵绵，甚至一连下几日，把坡坡沟沟浸润得清清新新，暴躁时倾盆如注，山洪倾泻，把小河装得满满的，浊浪滚滚。

秋天的阳光，有时也是湿漉漉的，太阳总被雾纱遮住了笑脸，雾气如孩子藏猫猫似的，躲在山沟里。微露的山峰，像一个个大海中的岛屿，山顶的庙宇更像神话中的天宫，许多美丽的传说由此而生。

雾气弥漫的山峦、层林尽染的山坡、红墙青瓦的农家小楼，构成一幅完整的秋天山村水墨画。

让人敬畏的秋风，在这里失去了横扫落叶的威风。无数大山厚实的身躯让它望而却步。秋风只能轻轻地来，悄悄地去，像似林间小鸟的耳语，轻轻柔柔；又似蝴蝶翩翩飞舞，落在地上，厚厚的，软软的，像给大地妈妈铺上了火红的地毯。

秋天，似乎也有停下脚步的时候。山坡上的野菊花烂漫艳丽，黄黄的花朵，一丛丛，一簇簇，染黄山坡，绿意浓浓的枇杷树才开始开花。秋天不完全是肃穆萧条的，也有充满温情、生机盎然的时候。

晴日的村子小河里，也游来几只鸭子，在水里嬉戏、追逐，河水清澈见底，潺潺流过。

秋天，也是收获的季节，硕果累累，秋收，也是勤劳的赞歌。父辈们在层峦的梯田上，弓着腰身，挥舞着镰刀，交汇着黄豆秸秆被割断的嘶嘶欢语，妇女们包着头巾，哼着熟悉的乡间小曲，跟在后面的孩子正在捡拾躺在地上的黄豆秸秆。

金黄的玉米棒子、谷穗子是勤劳人们的期盼，勤劳的农家孩子一边在田间捡拾掉落的豆子，一边说笑着，不时传来"咯咯咯"的笑声。山坳里的果树园里，红彤彤如小橘灯似的苹果压弯了树枝，金灿灿的雪梨则像葫芦似的在秋风中飘摇，火红的柿子你挤我碰，葡萄架上挂满紫色的葡萄，如玛瑙，似珍珠，一派丰收的景象，一片迷人的秋色！

夕阳下，牧童驱赶着牛羊，吹着竹笛，从山坡上下来。

夜幕降临，农家的院落里，棚屋下，也是忙碌的身影，一家人围坐在一起，整理着白天匆匆收回的庄稼。有时，也在旁边生一盆火，驱除晚上的秋寒，或烤马铃薯、烧红薯、烧玉米，以在深夜充饥，红彤彤的火苗映红了大家的笑脸，也映红了日子。

收回来的玉米棒子，摘去外层的粗叶，留下里面的柔软细叶，再把细叶倒扎起来，用细叶夹杂一些藤条之类，把一个个玉米棒子，像姑娘辫辫子一样编织在一起，串成一条条长龙，挂在屋檐下、棚架上，避雨通风，自然风干。那情景真是黄金满屋！

田野里，收走秋实，又得翻地复种，播撒小麦。人们扶着犁，吆喝牛，身后翻滚起条条泥浪，散发出泥土的芳香，播撒来年的希望。播散麦种是个力气活，也是个技术活，胸前挂起几十斤的小麦种子，行走的步伐要均匀，两手来回抓起种子，洒向空中，落在地里，如天女散花！

秋播完成，忙碌了一年的人们，才可以歇息一下疲惫的身心。

按捺不住的丰收喜悦，常挂在乡亲们的脸上。也只有此时，他们一家子才有空围坐在火塘旁，一边烤火唠嗑，一边享受着这淳朴的山乡美味饭菜，那欢笑声也伴着袅袅升起的炊烟，飘荡在山村的夜幕之中。

温情的山乡，收获的秋日，美丽的田野，勤劳的父老，都是我永远的记忆。